【建仁寺】

海北友松の画業が花開いたのは60歳を超えてから。ここ「建仁寺」が活躍の舞台で、寺はいつしか「友松寺」と称されるようになった。

琳派デザインを確立、
自由奔放な兄

尾《お》形《がた》光《こう》琳《りん》

『乾山晩愁』の
重要モチーフは
国宝「紅白梅図屏風」

国宝「紅白梅図屏風」
尾形光琳／MOA美術館蔵
二曲一双の金地を背景に描かれた白梅と紅梅、中央に上から下へと末広がりに流れる水流が描かれている。

文人画家の先駆け、
地味な弟

尾形《おがた》乾山《けんざん》

「紅白梅図屏風」を連想させる梅花と流水の調和

「乾山《けんざん》銹絵《さびえ》染付《そめつけ》梅波文《うめなみもん》蓋物《ふたもの》」
尾形乾山／MIHO MUSEUM 蔵
幅 20.5 センチ、奥行き 20.5 センチ、高さ 8.6 センチ
外面には、素地の上に白泥の梅花が散らされる。乾山焼としては比較的早期の作と推定される。写真／野村 淳

「乾山《けんざん》色《いろ》絵《え》竜《たつ》田《た》川《がわ》図《ず》向付《むこうづけ》」
尾形乾山／ MIHO MUSEUM 蔵
幅 16.3 ～ 18.0 センチ、高さ 3.4 センチ
十客。紅葉と波濤を組み合わせたデザイン性の高い乾山の焼きもの。写真／畠山 崇

流派を作らぬ孤高の絵師

海《かい》北《ほう》友《ゆう》松《しょう》

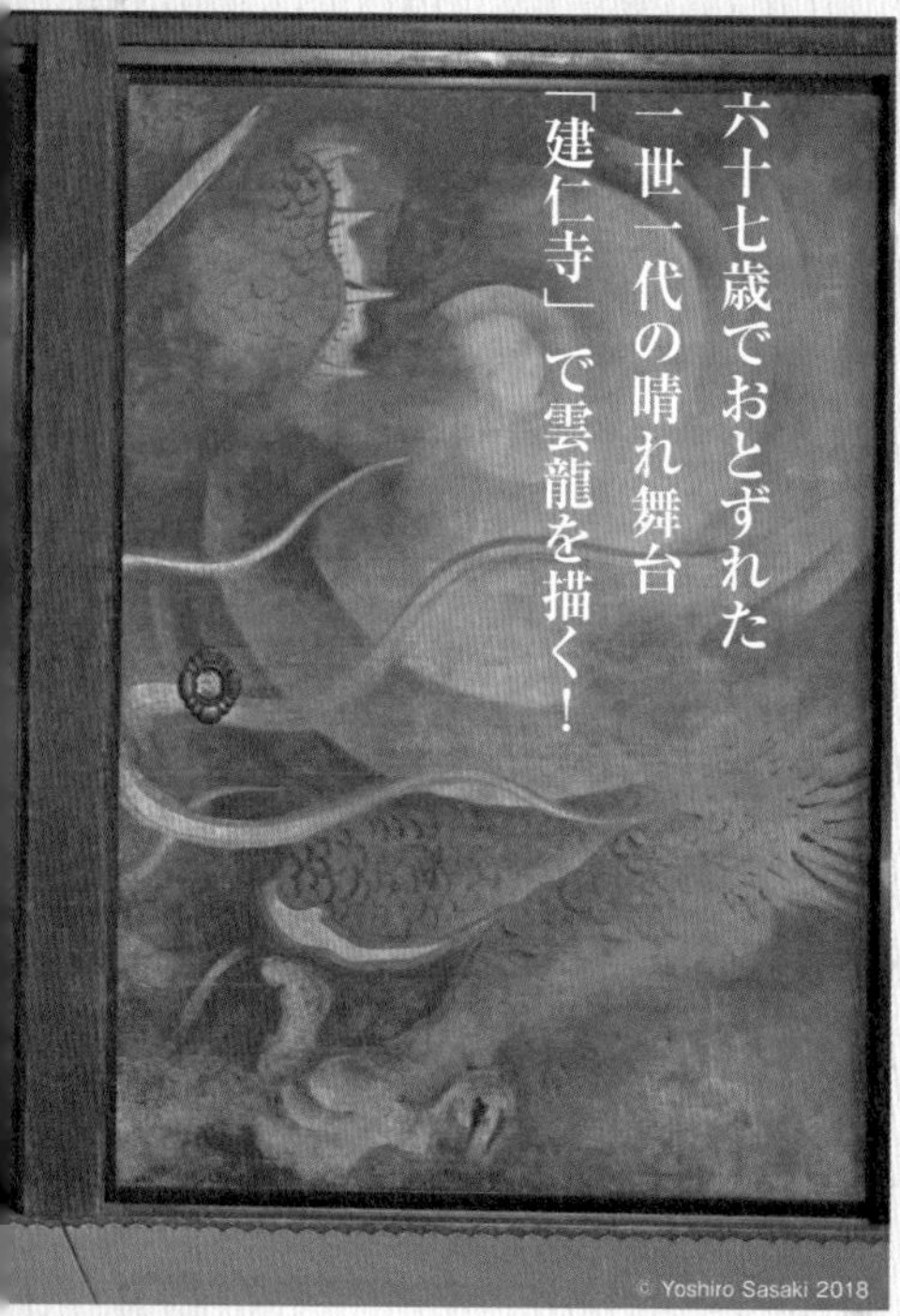

六十七歳でおとずれた
一世一代の晴れ舞台
「建仁寺」で雲龍を描く！

© Yoshiro Sasaki 2018

建仁寺「方丈障壁画　雲龍図《うんりゅうず》」（重文）
海北友松／建仁寺蔵

龍は、海北友松が最も得意とする題材だったという。幾つか描いた龍のなかでも、慶長4年（1599）に制作した同図は代表的傑作とされる。現在、同図は京都国立博物館に保管されており、建仁寺に展示されているのは高精細デジタル複製画。寺という空間の中でありし日に思いを馳せ、その迫力を感じることができる。

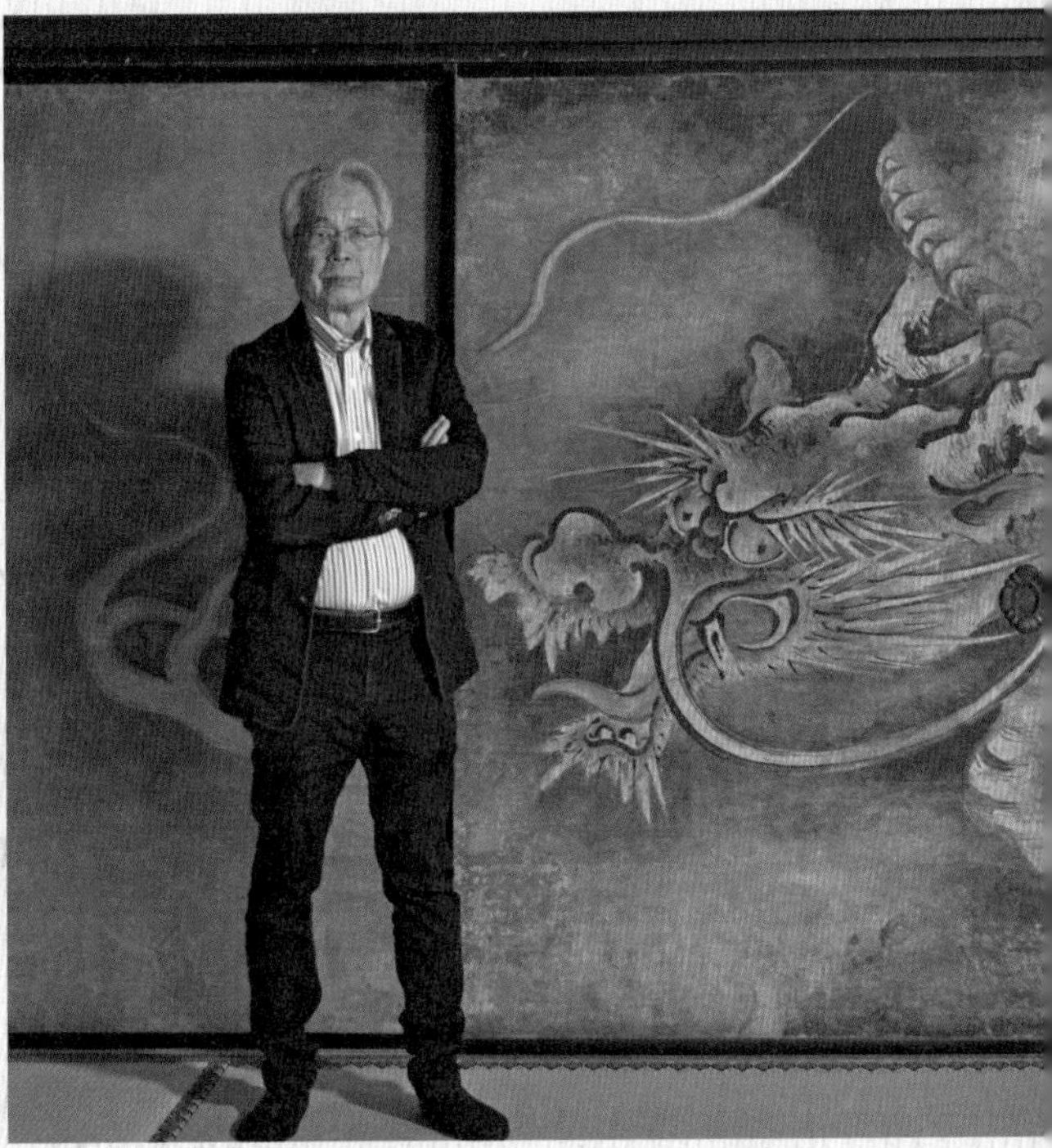

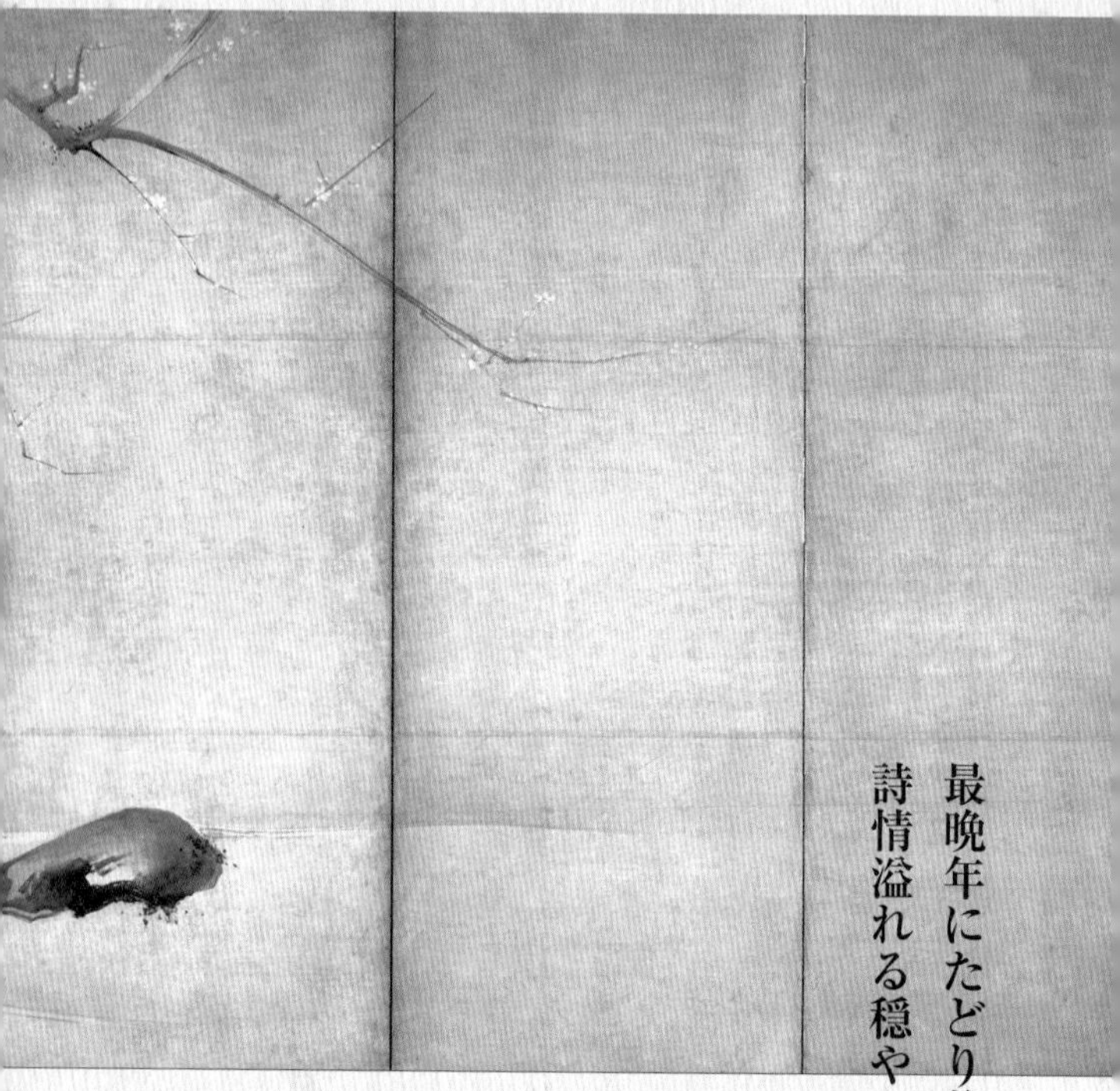

最晩年にたどり着いた
詩情溢れる穏やかな境地

「月《げつ》下《か》渓流《けいりゅう》図《ず》屛風《びょうぶ》」（左隻）
海北友松／ネルソン・アトキンズ美術館蔵
空に浮かぶ朧月が、朝靄に煙る渓流や梅、椿などを照らす。同作は、海北友松が最晩年に描いた最高傑作で、日本水墨画の頂点といわれる。写真／ユニフォトプレス

別名「友松寺」――。
日本で禅と茶が始まった
京都最古の禅寺

【建仁寺《けんにんじ》】

写真は、俵屋宗達による国宝「風神雷神図」の高精細デジタル複製画がある部屋から眺めた、本坊の禅庭「潮音庭《ちょうおんてい》」。四方向から眺められる枯山水の庭で四季を通じて楽しめる。

友松、最晩年の舞台の寺で
名木「紅しだれ桜」を
愛でる

【妙《みょう》心《しん》寺《じ》】

83歳没と長命だった海北友松は、最晩年のおもな活躍の場は妙心寺で、巨大な金碧画「花《か》卉《き》図《ず》屏風《びょうぶ》」「寒山拾得《かんざんじつとく》・三《さん》酸《さん》図《ず》屏風《びょうぶ》」などを所蔵する。写真は、同寺の塔頭・退蔵院にある樹齢60年の名木「紅しだれ桜」。

【茶人と幕府官僚、二つの顔を持つ】

小《こ》堀《ぼり》遠《えん》州《しゅう》

遠州の美学 〝綺麗さび〟の心 を表す白い碗

【小堀遠州】

鳥の子手茶碗　銘「白浪《しらなみ》」
東溪窯／個人蔵　高さ 8.8 センチ、口径 10.8 センチ
利休、織部、遠州へと受け継がれた茶の湯。だが３人の美意識は大きく異なり、それは各々が好んだ茶碗からもうかがえる。遠州は均整のとれた、洗練された形の茶碗を好んだ。写真／遠州茶道宗家

【千利休《せんのりきゅう》】

初代長次郎　黒樂茶碗「万代屋黒《もずやぐろ》」
桃山時代／樂美術館蔵
高さ 8.0 センチ、口径 10.3 センチ

利休から利休の娘婿である万代屋宗安に伝わったことから、この銘がつけられた。手捏ね成形で、実に味わい深く存在感を放っている。

【古田織部《ふるたおりべ》】

織部黒茶碗　銘「深山烏《みやまがらす》」
桃山時代／古田織部美術館蔵
高さ 7 センチ、口径 12.4 ～ 15.1 センチ

轆轤《ろくろ》で段を設けて沓形《くつがた》に作ったあとで、さらに上から歪《ゆが》ませている。焼成中に窯から引き出し、水に漬けて急冷、漆黒の釉となる。

「南禅寺は、京都で最も多く
訪れている場所」

【南禅寺「水路閣」】

琵琶湖の湖水を京都の町へ運ぶため、明治時代に完成した水路橋。人を案内したり、四季を楽しんだりと、葉室さんが京都で最も多く訪れたという南禅寺境内にある。

洛中洛外をゆく

葉室 麟

角川文庫
23056

目次

カラー口絵

「洛中洛外」——。京都（みやこ）の市街を「洛中」、郊外は「洛外」と呼ばれる。唐の長安を模して作られた平安京の時代からの地域名称だ。洛中の範囲は、時代の変遷とともにやや異なるが、豊臣秀吉の時代には、都市改造のため作られた土塁「御土居《おどい》」の内側が「洛中」と呼ばれていた（P164〜165参照）。

琳派始まりの地とされる鷹峯を訪れた折、葉室さんは、「本阿弥光悦も今の僕と同じように、この景色を眺めたのでしょう。洛中を遠くに眺められることで、随分と心が慰められたのではないでしょうか。洛中で暮らす人びとに思いを馳せ、もしかすると『いつか再び、あの地へ……』と野望を抱いていたのかもしれませんね」と語った。

葉室作品を読みながら、また本書で紹介する名所をめぐる際に、そうしたことも考えながら、当時の人びとの心情に寄り添い、楽しんでください。

【第一章】

尾形光琳・乾山

『乾山晩愁』

尾形光琳（おがた こうりん）

万治元年（一六五八）～正徳六年（一七一六）。画家・意匠作家。江戸時代中期に京都の裕福な呉服商・雁金屋の次男として生まれる。本阿弥光悦や俵屋宗達の影響を受ける。代表作の国宝「燕子花図《かきつばたず》」や国宝「紅白梅《こうはくばい》図《ず》屏風《びょうぶ》」（口絵Ｐ２～３）、国宝「八橋蒔絵《やつはしまきえ》螺鈿硯箱《らでんすずりばこ》」などに見られる、装飾的で洗練されたデザイン性の高さで知られる。派手な生活で雁金屋の莫大な財産を湯水のように使い果たし、画業に専心したのは生活困窮のためといわれる。晩年には江戸で数年を過ごすも、最期は京で亡くなる。

尾形乾山（おがた けんざん）

寛文三年（一六六三）～寛保三年（一七四三）。陶工・書家・絵師。雁金屋の三男として生まれ、一般的に窯名の「乾山」の名で知られる。五歳違いの兄・光琳の派手さとは対照的に内省的で地味な生活を送り、野々村仁清に陶芸を学ぶ。七十歳近くになってから、江戸へ移り住み、その後、京に戻ることはなかった。代表作は重文「白泥染付金彩芒文蓋《はくでいそめつけきんさいすすきもんふた》物《もの》」、重文「金銀藍絵松樹文蓋物《きんぎんあいえしょうじゅもんふたもの》」、絵画では重文「花籠図《はなかごず》」他。乾山が器を作り、兄・光琳がそれに絵を描いた合作も多い。

『乾山晩愁』
葉室 麟
角川文庫

【あらすじ】

二〇〇五年に第二十九回歴史文学賞を受賞した著者のデビュー作。天才絵師とうたわれた兄・光琳の死後、陶工としての限界に悩んでいた弟の乾山。二条家から戴いた窯廃止の沙汰が下るなか、華やかだった兄の画業や兄弟だからこそ抱いた葛藤に思いを馳せ、自らの生きる意味を見つける。

地味でもいい葛藤とともに素直に生きる

～光り輝くものだけが、この世に存在するわけではない～

五十代になって人が抱く愁い

琳派を確立した兄弟、光琳と乾山

光り輝くものだけが、この世に存在するわけではない。光があれば、必ず、影がある。影だけではない。光のまわりに、やわらかな色彩で温かみとふくらみのある存在があって、光を支えているのではないだろうか。

（『乾山晩愁』あとがきより）

葉室さんは、歴史文学賞受賞作品となったデビュー作『乾山晩愁』で、尾形光琳《おがたこうりん》死後の尾形深省《しんせい》（のちの乾山《けんざん》）の視点に立って、その後の乾山の生き方を描いた。乾山が思い出を回想するかたちで、乾山の兄への深い思慕、そして兄への消せぬ対抗心とのせめぎ合いを語らせた。

江戸時代に活躍した芸術家、尾形光琳・乾山兄弟のうち、華麗で自由奔放に生きた兄・光琳でなく、内省的で隠遁を好んだといわれる弟・乾山に注目したところが、葉室さんらしい。光り輝く者の側で、自分らしい生き方を模索する乾山の姿に、時代を超えて「私たちの人生とは何か、生きるとは――」と考えさせられる。

〝晩愁〟からの再出発

深省《しんせい》が、今いるのは京の新町通り二条下ル、兄、尾形光琳の家の奥座敷だ。

（中略）

しかし、画室の主、光琳は先月、正徳《しょうとく》六年（一七一六）六月二日に没していた。享年五十九歳。華やかな画才を京、江戸で花開かせて後の往生だった。家の中はいまも線香の匂いが絶えることがない。

（兄《あに》さんが亡くなって、これからは絵付けもしてもらえんな）

深省は、団扇で顔をあおぎながら、光琳のことを思い出していた。（『乾山晩愁』一）

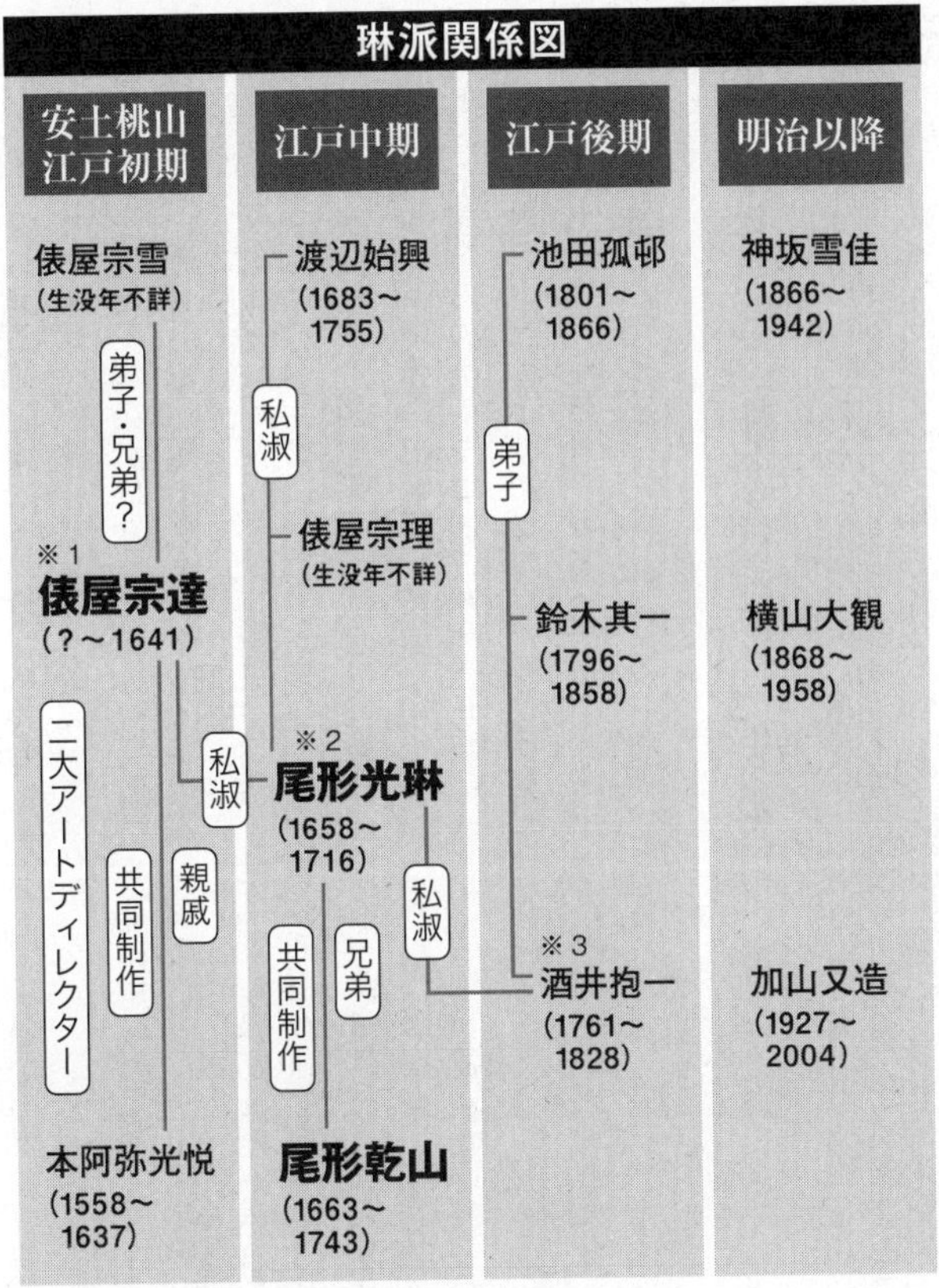

※1：平安時代以来の大和絵の色彩や技法、モチーフ。

※2：狩野派、室町時代の水墨画。兄・光琳＝華やかな意匠性と奇抜な構成。
弟・乾山＝絵と書の総合芸術、文人画の先駆け。

※3：京風な円山四条派。光琳を発見。自然観察と俳味を取り入れた洒脱さ。

兄の光琳は、琳派のなかでもスター的存在であり、その名が「琳派」の呼び名のもとにもなっている。

琳派とは、血縁や師弟関係などに頼らず、およそ三百年にわたって引き継がれた独特の芸術の一派である。始まりは江戸時代初頭の十七世紀。京の上層階級の町衆であり、能書家の本阿弥《ほんあみ》光悦《こうえつ》と、絵師・俵屋宗達《たわらやそうたつ》が、大和絵の技法を取り入れて、洗練された意匠を絵画やさまざまな工芸品に表した。江戸の御用絵師たちの作に見られる武家趣味とは異なり、王朝趣味を復活させ、華やぎと雅やかさに溢れており、平安・王朝文化ルネサンスともいわれている。

光悦、宗達から約百年後に、この世に生まれた尾形光琳、乾山兄弟は、光悦・宗達の美意識に触発されるようにこの様式を受け継ぎ、それはさらに百年後、江戸の酒井《さかい》抱一《ほういつ》や鈴木《すずき》其一《きいつ》らに受け継がれていった。このように琳派は世界でも稀な、独自の歴史を持つ一派なのである。

華やかな光琳より、地味な深省が気になった

『乾山晩愁』の冒頭は、天才絵師の誉れ高い兄・光琳が亡くなった一月《ひと》後から始まる。兄を失った深省（乾山）は、陶工としての限界に悩んでいた。深省の作は、絵付けを

兄が行い、深省が作陶を担うなど、兄弟合作で作られたものが多かった。自分一人でどのように作品を作り続けていくのかという悩みに加え、兄弟のために二条家から与えられた窯が廃止される問題にも直面する。さらに、ちえという女が、江戸から光琳の妻を訪ねてくる。彼女は男の子を連れており、女遊びが激しかった光琳の子かもしれぬという。深省は、光琳の妻から「女に会って欲しい」と相談を持ちかけられ、さらに頭を悩まされる。

「僕は、もともと琳派が好きなんです。光琳が亡くなったあと、深省がいろいろと苦労した話を知って、彼に興味を持ちました。ちょうどこの頃の深省は、そのときの私と同じ五十四歳ぐらいなんですね。愁いといったらいいのかな。五十代の愁いの時期に自分がいて、深省もきっといろいろな愁いを感じていたんじゃないかなと思いました。

もっとも、僕は、その段階でまだ小説家デビューもしておらず、世に出ていません。天才絵師として世に認められ、表舞台に立つ光琳の華やかさは眩しくて、自分の身にそぐわない。深省の地味さみたいなものの方が自分には沿うというか、安心だったのかもしれません（笑）」

五十代になれば、人はみな愁いを持つ

「だいたい五十代にもなると、人はみな、ある種の愁いを抱いているんじゃないかと思うんですね。僕もサラリーマンでしたが、そろそろ定年が見えてくる時期でした。定年退職というのは、ある種、大変なことで、組織を離れると自分はどうやって生きていったらいいのか、よく分からなくなってしまう。その先には晩年というのが待っていて、晩年をまた、どう生きるかということも悩ましい。つまり、憂慮することがどっと増えてくるわけです。運のいい人は、退職後二～三年で死んじゃうんですが（笑）、実際、現代日本では寿命は延びていくし、拷問みたいな時間がどんどん延びていくわけです。深省の場合は、特に仕事は兄との共同作業が大前提でしたから、頼っていた兄の才を失って不安もあった。垣間見える晩年の愁いのなかにいた深省の再出発、そこからの人生を書いてみたかったんです」

物語には、琳派の名だたる作品が多く登場する。琳派作品を脇に配し、天才絵師・光琳とその弟・深省の足跡を追っていこう。

華やかに暮らす兄と禅僧のような弟

光琳は能を渋谷七郎右衛門、書を光悦の孫・本阿弥光甫《ほんあみこうほ》、画を山本素軒《そけん》、茶を表千家随流斎《ずいりゅうさい》に学んだ。深省も書を本阿弥光甫、画を山本素軒、茶を表千家の宗左《そうさ》に学び、そして陶芸を野々村仁清《にんせい》、禅は独照性円《どくしょうしょうえん》禅師の薫陶を受けた。

京随一の呉服商に生まれた兄弟

ここで、光琳と深省兄弟二人の歩みを紐解いておこう。

光琳と深省は、江戸時代初期（一七世紀）の京都で、裕福な呉服商「雁金屋《かりがねや》」主人の次男、三男として生まれた。雁金屋は、将軍秀忠の娘で後水尾《ごみずのお》天皇の中宮となった東福門院和子の呉服御用を務め、和子が衣装道楽にふけったことで、京随一の呉服商へと発展した。

兄弟の父、宗謙《そうけん》は上層町衆の教養である能や絵画などの造詣が深く、兄弟も幼い頃から、能、書、茶の湯、画など一流の師のもとで稽古を積む。まさに芸術・芸能のサラブレッドとして育てられたのである。深省は穏やかでおとなしい子どもだったが、光琳は利かん気が強く、おとなたちに手を焼かせたことも多かったという。

二人は若くして、親からの莫大な遺産を受け継ぎ、三十過ぎまで遊んで暮らすことができた。兄の光琳は遺産を使い果たすまで放蕩を続け、数多くの浮名も流し、贅を尽くした華やかな暮らしを送っていた。しかし、芸術の才能に恵まれた分、自分の天職を探して悶々としたものを抱えていたともいわれる。

弟の深省は、仁和寺《にんなじ》の近く双ヶ岡に習静堂という草庵を結び、隠者のような暮らしにはいった。独照性円に師事し、まさに禅僧のように、人生について深く考える日々を送っていたという。当時は、深省を名乗っており、『乾山晩愁』にもその名で登場する。作品のなかでも物静かで、内省的な人物像が見てとれる。

実家の雁金屋の商売は、長男の藤三郎が継いでいたが、和子が亡くなるとうしろ盾を失い、商売に大きな打撃を被って、店を閉じることになった。

当然、光琳・深省の暮らしは困窮する。光琳はすでに蒔絵や小袖の絵師として、名をなしてはいたが、豪奢な暮らしを続けた末の生活は苦しく、パトロンであった中村内蔵助《くらのすけ》を頼って江戸に下る。光琳、四十七歳のときである。江戸で大名絵師となったが、人に仕える暮らしに嫌気がさし、五年後に京に戻ってきた。

一方、深省は陶工として身を立て、三十七歳のときに、鳴滝《なるたき》に窯を開いた。この場所は、都から見て縁起のいい北西（乾）の方向にあるため、「乾山」という名を窯に冠したといわれている。その後、洛中に戻り、粟田口《あわたぐち》で窯を借りて、染付けや食器などを数多く作陶。その作品は宮廷や茶人などに好まれ、乾山の名はさらに広く知られるようになった。

光と影。響き合う兄弟の才

性格も生き方もまるで異なる兄弟

光琳亡きあとのある月夜の晩、深省は、ちえを相手に酒を飲みつつ、以前の兄とのやりとりを思い出していた。

――「兄さんの絵は確かに名高いが、わしの乾山焼きは兄さんの絵付けがあったから世間でもてはやされたんや。わしが窯《かま》を開いて、ちょいと天狗《てんぐ》になっていたことがある。そんな時、兄さんからの手紙で絵を描くのは心が一番大切や、筆が走っているように見えるのがいい絵ではない、と叱られたもんや」

「まあ、そんなことが」

「わしは書には自信があるが、絵では兄さんにおよばん。素人同然や」

（『乾山晩愁』 三）


性格も生き方も異なる二人だったが、兄弟仲は良かったようだ。光琳が絵付けをして、深省が筆で讃を書くという兄弟二人の合作は、鳴滝窯時代から始まった。たとえば、有名な銹絵《さびえ》角皿などは、非常に高度な作陶技術を要する。まっすぐ薄く焼かれた四角い皿を画仙紙に見立て、光琳が絵を描いて深省が詩を記す。既成概念にとらわれない伸びやかな作風である。

手紙から分かる光琳の弟への気持ち

鳴滝窯時代、乾山焼の器が人気を博し、注文が増えるにつれて深省は多忙になる。分業制を敷いていたが、絵付けが思うままにできなくなる。職人任せで焼きものを作らせるようになった頃、光琳は、深省に釘を刺すような手紙を書いている。現代訳の一例をあげてみよう。

――描く人の心がしっかりしていないと、筆は走るものでない。ただ見ためが美しいというだけでは駄目で、絵は生きていない。それはちょうど女の衣装が美しいと言っているようなものです。工人は色をさまざまに使っているのを綺麗だといって褒められることは本当は恥ずかしいことと思わねばなりません。（中略）自分の心で美しいと思ったものを絵付してください。（中略）念のため、一言注意致します」

（『光琳乾山兄弟秘話』住友慎一著　里文出版）

手紙からは、芸術家として、また兄として、細やかに注意を与えながらも、光琳の弟を思う気持ちがうかがえる。

「光琳と乾山の兄弟合作の際に、兄の光琳は『俺が絵を描くので、お前は底が平たくて白い、絵付けをしやすい器をつくれ』みたいな注文をしたのかもしれません。真偽はともかくとして、兄が威張って弟に注文をつけているような図が想像できるわけです（笑）。深省は、昔の人ですから、兄についていく感じがあったんでしょうね。自分は一陶工であるという意識で、陶工として、補助者として兄に従う気持ちだったのでしょう。でも、兄弟ですから、深省も幼い頃から英才教育を受けているわけです。

表現の才能は、光琳に負けず劣らずあったのでしょう。兄の指示に従うだけでなく、彼自身の表現の才が段々出てきて、互いの才能が一つに結晶していった。それが乾山焼だったように思います」

美を追うがゆえの非情さ

権力者にも遠慮しない俵屋宗達の絵

東山の建仁寺《けんにんじ》で金箔《きんぱく》地の二曲一双屏風に描かれた「風神雷神図」の躍動する姿を見た時、光琳は圧倒されて息を呑《の》んだ。

「見てみい、金箔地がこれほど豊かな絵は、ほかにないで。特に、この雲や。たらし込みという墨絵の技法や。墨と銀がにじんだような雲が金箔を天空に変えとるのや」

（『乾山晩愁』二）

物語のなかで、深省は光琳とのさまざまな出来事を回想する。二十歳になった頃、光琳は深省を連れて京の寺をめぐって、名だたる屏風絵や障壁画を見て回った。当時、絵画といえば、狩野派と土佐派が二大主流だった。しかし、光琳は上層町衆の俵屋宗達《たわらやそうたつ》を好み、深省を連れて建仁寺を訪ね、「風神雷神図《ふうじんらいじんず》」を見たあと、養源院《ようげんいん》へと向かう。

「これが、宗達はんの松や」

光琳は何かに憑《つ》かれたように言った。おそらく狩野派なら松のほかに雲か遠山、池などを描いただろう。しかし宗達の「松図」には松と岩だけで空間は金箔で占められている。深省は襖の雄渾《ゆうこん》な松に圧倒された。それでも思わず口から出たのは否定的な言葉だった。

「松だけではさびしいがな。雲や海が描いてあったら海か山の風景とわかるやろうに」

現在、建仁寺には、宗達による国宝「風神雷神図屏風」の陶板複製画が置かれている。

光琳は、深省の頭をぽかりと拳骨《げんこつ》でなぐった。

「阿呆《あほう》、何を見とるんや。ここに描いてあるのは風景やない」

「風景やない？」

「そうや、この思い切り根をはって枝をのばした松は町衆や。町衆の力を松に託して描いてるのや。狩野派の絵は大名に仕えて機嫌を伺っている絵や。だけど宗達はんの松は誰にも遠慮してないんや」

「それでは絵に情が無いような気がするけど」

深省は思い切って反論した。

「絵に情なんかいらん、美しかったらええんや。世の中の義理やら情に足すくわれてたら宗達はんのような絵は描けんで」

（中略）

「宗達はんの絵は狩野派でも土佐派でもない町衆の絵や。わしは宗達はんのような絵が描きたい」

光琳は昂揚《こうよう》して言った。


（『乾山晩愁』 二）

養源院の本堂の松の間に、今なお残る俵屋宗達の襖絵「金地着色松図」。

計算し尽くされたデザイン

俵屋宗達は謎が多く、生まれも亡くなった年もよく分かっていないが、俵屋という名から京の上層階級の町衆であったことが想像できる。江戸時代の初め、絵師として仕事をしていた宗達は、書・工芸の分野でも著名であった寛永の三筆の一人、本阿弥光悦と出会う。この出会いによって、宗達はさらに才能を開花させていく。「風神雷神図」をはじめとして、光悦が書、宗達が絵を描いた「鶴図下絵和歌巻《つるずしたえわかかん》」など数多くの傑作を世に送り出した。

「光琳は、宗達への限りない憧れを込めて、『風神雷神図』を描き、ほかにもさまざまな模写を続けていますね。宗達に追いつきたい、宗達を超えたい、その思いは非常に強かったと思います。僕は美術の専門家ではありませんが、琳派の作品、特に光琳の作品の真骨頂は、まさしくデザインだと思っているんです。人の思いや気持ち、つまり情を描く絵ではなくて、美しさを追求し、計算し尽くされた、研ぎ澄まされた、精度の高いデザイン性こそが、彼の最も優れている点。それが光琳の光琳たるゆえんだろうと。彼の作品を見ているときの爽快さ、一種の快楽のような感覚は、情のような世界とはまったく違う場所にあるような気がします」

光琳は元禄十四年（一七〇一）、四十四歳の時、朝廷から法橋《ほうきょう》に叙せられた。（中略）光琳は六曲一双の金箔地屛風に「燕子花図《かきつばた》」を描いた。（中略）燕子花の群が、右がやや高め左が低めで高低を変え、円舞曲のように繰り返している。色は金地に群青《ぐんじょう》と緑青《ろくしょう》だけという見事な絵だった。

（あの燕子花図で兄貴は宗達はんを超えたのやないやろうか）

と深省は思っていた。

（『乾山晩愁』 二）

法橋とは、朝廷から医師や絵師に与えられる位で、寛永七年（一六三〇）頃までには宗達にも授与されていたといわれる。光琳も宗達と同じく、絵師としての最高の地位に上り詰めたことになる。天賦の才がありながら悩み、放蕩を尽くし、そして宗達を追い求め、絵筆を持ち続けた光琳は、やがて、傑作「燕子花図」を生み出す。それ以前は、『伊勢物語』の八橋（註1）を題材にする際、燕子花と八橋をともに描いてきた光琳が、群生する燕子花の八つの群のみを画面いっぱいに描くことで八橋を表現した斬新な作品である。

人生よりも絵を上位におく芸術家・光琳

「この絵もまた、シンプルかつモダンで、優れたデザイン性を感じます。おそらく光琳には、美しいものを追うがゆえの、少し非情な部分があったのではないかと思います。自分自身に対しても非情だったのではないでしょうか。自分の感情とか、生き方すら圧《お》し殺して創作をしていくという姿勢で、人生よりも絵を上位においているように感じるんです。ある種の芸術家にはそういう傾向がありますが、自分のことよりも創作を上位において生きるって非常に苦しいと思うんです。これがまさに光琳の生き方であり、あの放蕩生活も、天才ゆえの苦しみや葛藤が、長く彼のなかにあったからなのかもしれません。そんな光琳の創作の苦しみを弟、深省はずっと間近でみていたのでしょう。『宗達を超えた』という感覚は、深省だからこそ理解し得ることだったと思います」

註1：平安時代の歌物語『伊勢物語』の第九段、通称「東下り《あずまくだ》」で、主人公が三河国、八橋という地にたどり着く場面があり、それを題材にした能楽や絵画などが数多く創作されている。

輝く兄にあらがい、葛藤する心

ある夜、深省が光琳に呼ばれ画室に行くと、光琳は「紅白梅図」屏風の前に座り、さんの酌で酒を飲んでいた。

(中略)

「深省、この絵、何に見える」

光琳はため息をつくように言った。

「何て、紅白の梅と川や」

「阿呆《あほう》、これが川か。これはな」

光琳は何を思ったのか、さんの帯に手をかけて、ぐいと引っ張った。

(『乾山晩愁』 三)

謎に満ちた光琳の最高傑作「紅白梅図屏風」

国宝「紅白梅図屏風《こうはくばいずびょうぶ》」（口絵P2〜3）は、光琳最晩年の作であり、「燕子花図」と並ぶ最高傑作といわれる。そして、光琳の作品のなかでもこの絵ほど謎めき、さまざまな解釈を生んだものはない。左右に咲いた梅のうち、生き生きとした紅梅が若かりし頃の自分、苔むした白梅を年老いた現在の自分になぞらえている、光琳と乾山兄弟を表している、あるいは、真ん中の川はそのまろやかな曲線から女性を表し、左右の梅が男性を表すなど諸説があり、いまだ真相は分かっていない。

紅梅は光琳、川は妾・さん、白梅は乾山

物語に登場する、さんという女性は光琳の妾であり、蠱惑的な女性として描かれている。光琳は深省に向かって、さんを抱くように言う。

「さんの体が川で、紅梅はわし。白梅はお前や」

（中略）

「深省、お前は昔から禅に凝ったりして、ほんまの自分を見ることを避けてきた。

人というのは愚かで汚いものや。それが見えんと、ほんまに美しいものに感動したり描いたりすることはできん。さんの体に地獄をのぞいてみるんや」

と言うと、そのまま一階へと降りていった。

(中略)

深省の目は金色に輝く屏風絵を見ていた。

まるで女体のようにうねる水流と岸辺に根をはる梅の凜《りん》とした姿――

(あの時、わしはさんを抱かなかった。あの屏風絵の前でさんを抱いたら兄さんに一生、追いつけんと思ったからや。わしは生涯、兄さんには追いつけなかったということやろか)

(『乾山晩愁』三)

兄・光琳の要求を拒んだ弟・乾山の真意とは？

「このシーンは、僕の小説にしては、珍しくエロティックな場面なのですが(笑)、おそらく僕も、深省の立場ならば、彼と同じ選択をしたと思いますね(笑)。光琳という人は、華やかで色気があって、女性にモテたといいますし、深省にすれば十分かなわぬ存在です。同じ土俵、同じ世界に入ろうとは思わなかったんじゃないかな。若い頃から禅の修行をしたり、ストイックな人ですから、精神的な世界にとどまりたいという気持ちがあったのではないかと思いますね。

そこには、やはり、自分は光琳にはかなわない、超えられないという思いが色濃くあったはずです。でも、それは、光琳も同じなんですね。宗達に憧れて、宗達を超えたいと思い続けて、宗達の作品の模写を続けてきた。でも、なかなか宗達を超えられないという思い。同じような葛藤を深省もまた、光琳に抱いていたのでしょう。

この場面で、兄の要求を拒んだのは、深省の深慮や消極性ゆえではなく、深省のなかに、あらがう心が芽生えていたのではないかと思えるんです。『俺は兄貴とはちがうんや』という意思が、少しずつ彼のなかに生まれて、確固たるものに変化しつつあったのではないでしょうか」

影なる存在から、光のなかへ

同じ辛いなら死ぬまで花咲かせよう

――「どうやら、わしは、この年になって兄《あに》さんの真似がしたくなってきた。兄さんは狩野探幽《たんゆう》（註2）に勝とうと思うて、江戸に行かはったんや、と思う。そして、江戸から帰りはった兄さんは見事な紅白梅図を描かはった。わしにも、まだできることがあるかもしれん」

（中略）

「わしは鈍やさかい、道を見つけ出すのに時間がかかる。兄は光輝く光琳やったが、わしは乾いた山や、このままでは花も咲かんがな」

（中略）

「どこにいたかて生きている以上は辛いわい。同じ辛いなら死ぬまで花咲かせようと思うた方がええ」

（『乾山晩愁』四）


深省は、江戸からやってきた光琳の妾・ちえと息子の与一のために、何くれとなく気遣いをしていた。ちえもそれに応えて、健気によく働き、ときに深省の良い話し相手にもなっていた。光琳の死後、落ち込むことが多かった深省にとって、ちえの存在は心の彩りにもなっていた。しかし、その、ちえが突然、前夫に殺されるという痛ましい事件が起きた。

深い悲しみから深省が立ち直ったのは、それから六年後で、彼はすでに六十九歳になっていた。その年、ちえの息子、与一が江戸の商家で働くことになり、それを聞いた深省は、自分も江戸行きを決心するのだった。

「『同じ辛いなら死ぬまで花咲かせよう』という深省の言葉は、当時の僕自身の考えですね。人生、ろくなことはないけど、どうせなら、ちゃんとやろうかなと、あの頃思っていたのかな（笑）」

翻弄されながらも挑戦する

「僕には、六十九歳にもなって江戸に行こうとする深省の決心は、不思議でなりません。その年齢で、まだ次へ行こうとするのかと……。そこが海北友松《かいほうゆうしょう》とも同じなのです。そうして、晩年の愁いのなかで、前へと進む絵師たちに大逆転がやってくるんですね（笑）。彼らは人生の大波に翻弄されながらも、ちゃんと挑戦していく。それもかなりアグレッシブに。そういうのって、人が生きる大いなる価値なんじゃないか？とすごく思ったわけです。

光琳やちえという大切な人を失って、半端ない愁いがあって、けれど、そこから、もう一回出ていくぞという気概で、自分の人生と向き合っていく。ずっと光琳の陰で縛りを受けつつ、影として生きて来た人が、自分自身で最初の一歩を、光のなかに歩み出していく瞬間ですね。光琳の死は、支えを失うことでもあり、当然、怖れもある。でも、自分自身を光のなかへと押し出していく転機にもなった。光琳の陰で見えなかったけれど、深省のなかの野太いものがここにきて出てきた。それは本来、彼が持っていた強さだったんだと思います」

註2：狩野永徳の孫。四百年間、連綿と続いた狩野派のなかで、その才能は随一といわれる。祖父・永徳の絢爛豪華な桃山様式の作風から、より洗練され、詩情溢れる独自の世界観を確立し、江戸狩野派の礎を築いた。

愁いも悔いもあっていい

そこには、深省が佐野に来てから描いた絵が軸にして掛けられていた。

「花籠図《はなかごず》」である。

描かれているのは桔梗《ききょう》、女郎花《おみなえし》、菊、薄《すすき》を無造作に投げ込んだ三つの花籠だった。

上から下へ三つの花籠が並んでいるだけの絵だ。

（中略）

「光琳兄の絵とは大違い、下手な絵や」

深省はからからと笑った。

「いや、ほんまに深省はんは大器晩成どしたな」

甚伍はしみじみと言った。

「そんなことはない。わしは晩成やなくて年取ってからは愁いばっかりの晩愁や」

（『乾山晩愁』五）

愁いと闘うのではなく、愁いを脱却

江戸に出て六年が経った頃、深省は、佐野の分限者、須藤理右衛門に招かれて佐野に来ていた。深省は五三郎という元武士を弟子にして、焼きものを作ったり、絵を描くなど気ままな暮らしをしていた。そんなある日、古くからの知人である甚伍が佐野を訪れ、床の間に掛けられた深省の絵、「花籠図」を前にしみじみと昔話を楽しんだ。

「花籠図」は、悠々自適な佐野の暮らしのなかで、深省が手すさびに描いたもので、秋の花々と花籠が肉太の筆で形にとらわれず、のびのびと描かれ、上の方に和歌が書かれている。

その絵を前に、深省は胸のなかで呟く。

(兄《あに》さんにとって絵を描くことは苦行やった。この世の愁いと闘ったのや。そうしてできたのが、はなやかで厳しい光琳画や。わしは、愁いを忘れて脱け出ることにした。それが乾山の絵や)

(『乾山晩愁』五)

のちに深省は、佐野から再び江戸に戻ったが、結局、生まれ育った京に戻ることはなかった。江戸暮らしに疲れて、京に戻った兄とは違う道を選んだわけである。

大きな山を見て育つ人間は、大きさを知っている

「光琳と乾山、兄弟ながらこの二人の生き方はまったく異なります。宗達をライバルとも捉え自分の才能に殉じた兄と、自分の生き方を大事にした弟、僕はそんな風に二人をみています。いずれが勝者とも敗者とも言えませんし、どちらが幸せでどちらが不幸せだったとも言えません。それぞれの人生と創作を貫徹できて、しかもそれが兄弟であり、二人して、琳派を新たに発展させたということは凄いことです。で深省にとっての光琳は、越えられない大きな山のような存在だったと思います。で

も、大きな山を見て育つ人間は、大きさを知っている。だから野望や野心とは関係なく、自然に、何かしら大きなものを創造できるのではないでしょうか。実際、晩年の乾山の絵には、おおらかさや豊かさ、懐の深さを感じます。

天才のそばにいて、この天才にはかなわないと思っていたけれど、その人を失ったとき、悲しみはあるけれど、ずっと持ち抱えていた大きな思いが、培ってきた何かが、深省のなかで解き放たれていったはずです。偉大な兄に対して、尊敬はもちろんですが、もしかすると敗北感や嫉妬心など、いろいろな葛藤を抱えながらも、深省は豊かに自分を培って、自分に率直に生き抜いたと思います。自分の生き方を作品と一致させ、人生をまっとうした。それが深省＝乾山だったような気がします」

悔いがあるなら、悔いがあっていい

深省は江戸で寛保《かんぽう》三年（一七四三）、八十一歳で没した。

奇《く》しくも命日は光琳と同じ六月二日だった。晩年、絵筆をとることが多かった深省、尾形乾山は後の文人画の先駆けとも言われている。

（『乾山晩愁』五）


「光琳の絵は、華やかでいてシャープで怜悧、デザイン性に優れ、今でいうクールな印象があります。対して、深省の晩年の絵は、生きるとは、あるいは人生とか何かを深く捉え、考えて人の情に寄り添うもの。とてもヒューマンな世界、文人画の世界にたどり着いたという感がありますね。兄は愁いと闘って死んでいったけれど、『愁いがあるなら愁いがある、悔いがあるなら悔いがあっていいのではないか』。最晩年の深省は、愁いと闘うのでなく、愁いを脱却して、自分らしい自由な境地に到達することができたのでしょう。

彼は、光琳を支える単なる影では決してなかったと思います。僕は、深省という存在に、地味でありながらも、とても、優しく温かな、そして豊かな色彩とパワーを感じます。深省という存在がなければ、光琳もあれほどまでに、光り輝くことはできなかったのではないでしょうか」

乾山の住居から移築した茶室が残る

仁和寺「遼廓亭」

世界遺産・仁和寺は、仁和四年（八八八）に創建された、真言宗御室派の総本山。境内には、五重塔や二王門といった江戸時代建立の建造物が並ぶ。その一角に佇む茶室・遼廓亭は、門前に光琳が建て、乾山が暮らしたと伝わる何似《かじ》家の邸宅から移築した重要文化財。全体の意匠が、織田有楽斎好みの「如庵」とも似ている。

【住　所】京都市右京区御室大内33
【交通案内】京福電車　御室仁和寺駅下車　徒歩約3分

俵屋宗達の作品群を間近で鑑賞できる

養源院

秀吉の側室であった淀殿の父、浅井長政の菩提寺として文禄三年（一五九四）に創建。落雷により一時は焼失するが、淀殿の妹、お江の方（のちの崇源院）が再建。徳川歴代将軍の位牌も祀る。作中で光琳が圧倒された俵屋宗達による襖絵「金地着色松図」のほか、白象・唐獅子・麒麟を描いた杉戸絵8面（すべて重文）を収蔵する。

【住　所】京都市東山区三十三間堂廻り町656
【交通案内】京阪電車　七条駅下車　徒歩約7分

「風神雷神図」が奉納された京都十刹

妙光寺

弘安八年（一二八五）創建。応仁の乱で荒廃するも、歌人で豪商・打《う》它《だ》公軌《きんのり》の支援を得て再興された。打它氏は、光悦、宗達、光琳、乾山、小堀遠州らと交流があり、宗達の「風神雷神図」は、もともとは打它氏が制作を依頼し、同寺院に奉納されたもの。後に建仁寺に移されたため、現在は、そのレプリカが置かれている。境内には、乾山の師である陶工・野々村仁清の墓もある。

【住　所】京都市右京区宇多野上ノ谷町20
【交通案内】京福電車　宇多野駅下車　徒歩約８分

鎌倉時代後期創建の光琳ゆかりの寺院

妙顕寺

元亨元年（一三二一）創建の、洛中における日蓮宗最初の寺院。光琳が描いたと伝わる掛け軸「寿老松竹梅三幅対」を所蔵する。四つある庭の一つ「光琳曲水の庭」は、火災で消失した光琳作の庭を、歴代住職の記憶と光琳の作品をもとに復元したとされ、樹齢約４００年の赤松が見事。女性は宿坊に宿泊可能。なお、塔頭の泉妙院には光琳と乾山の墓がある。

【住　所】京都市上京区妙顕寺前町５１４
【交通案内】地下鉄　鞍馬口駅下車　徒歩約９分

琳派の祖・本阿弥光悦の菩提寺

本法寺

本阿弥一族や、『乾山晩愁』に収録されている「等伯《とうはく》慕影」の主人公、長谷川等伯の墓がある。三つの築山島をそれぞれ巴型にして配した名庭「三巴の庭」は光悦作と伝わり、国の指定名勝にもなっている。中庭には光悦遺愛の手水鉢が置かれており、光悦作の赤楽茶碗や、光悦の寄進状を添えた「紫紙金字法華経」(重文)、長谷川等伯の「仏涅槃図」(同)といった貴重な寺宝も。

【住　所】京都市上京区小川通寺之内上る
本法寺前町６１７
【交通案内】地下鉄　鞍馬口駅下車　徒歩約15分

光琳がモチーフにした梅が現存

下鴨神社

紀元前には社の瑞垣が造営された記録が残る古社。正式には「賀茂御祖神社《かもみおやじんじゃ》」といい、鴨川の下流に祀られていることから「下鴨神社」として親しまれている。世界遺産に登録されており、東西の両本殿は国宝。境内を流れる御手洗川にかかる朱塗りの輪橋横には、光琳が「紅白梅図屏風」を描く際に参考にした紅梅があり、毎年3月には美しい花を咲かせる。

【住　所】京都市左京区下鴨泉川町59
【交通案内】京阪電車　出町柳駅下車
徒歩約12分

光琳直筆の団扇絵も残る、団扇専門店

阿以波

創業330年以上、唯一「京うちわ」の伝統を今に伝える老舗。宮廷で用いられた「御所団扇」をルーツとする京うちわは、団扇面と柄を別に作り、あとから柄を差し込む「差《さ》し柄《え》」構造となっているのが大きな特徴だ。骨となる竹の加工から紙の貼り合わせ、仕上げまですべてを手作業で行うため、制作期間は1年以上にもおよぶ。日本有数の団扇コレクションを誇り、光琳直筆の団扇絵も。

【住　所】京都市中京区柳馬場通六角下ル
【交通案内】阪急電車　烏丸駅下車　徒歩約10分

尾形光琳がひいきにした和菓子屋

とらや京都一条店

室町時代後期の創業で、後陽成天皇の御在位中（一五八六〜一六一一年）より、御所の御用を務めてきた京の和菓子の老舗。尾形光琳が、パトロンであった中村内蔵助に贈るために、10種の菓子を注文した記録が残る。そのうちの2種「色木の実」と「友千鳥」は、色や形、材料も分かっており、イベント時などに販売されることとも。

【住　所】物販：京都市上京区烏丸通一条角広橋殿町415
菓寮：京都市上京区一条通烏丸西入広橋殿町400
【交通案内】地下鉄　今出川駅下車　徒歩約7分

『乾山晩愁』に関連する場所

小説に登場する大石内蔵助、隠棲の地

岩屋寺

『乾山晩愁』には赤穂浪士の討入りの逸話が記されているが、岩屋寺は、大石内蔵助が城を明け渡したのち、討入りの策を練るために山科で隠棲したと伝わる地。討入り後に邸宅や田畑を当寺に寄進した。本尊の大聖不動明王は、内蔵助の念持仏とされ、本堂に浅野内匠頭の位牌、内蔵助ら四十七士の木像が祀られているほか、内蔵助や赤穂義士にちなんだ数々の遺物・遺品が保存されている。

【住　所】京都市山科区西野山桜ノ馬場町96
【交通案内】京阪バス　大石神社下車
徒歩約8分

乾山が築いた鳴滝窯跡が残る

法蔵禅寺

乾山が、元禄十二年（一六九九）に、二条綱平公から山屋敷を譲り受けて窯を築き、13年間作陶に励んだ地。王城から西北（乾）の方角にあることから「乾山窯」と名付けた。

この時代には、光琳が絵を、乾山が書を描いた合作の角皿や光琳の琳派デザインを焼きものに使った器を作り出している。乾山が去ったあと、百拙《ひやくせつ》元養《げんよう》が近衛家煕《このえいえひろ》の出資を得て、享保十六年（一七三一）に黄檗《おうばく》宗の寺とした。

【住　所】京都市右京区鳴滝泉谷町19
【交通案内】京福電車　宇多野駅下車
徒歩約8分

琳派作品を数多く収蔵、発信する

細見美術館

実業家で日本美術コレクターの細見古香庵《ここうあん》から三代にわたって蒐集したコレクションを中心に、多彩な企画展で日本美術の優品を展示。江戸前期の俵屋宗達、江戸中期の尾形光琳ほか、酒井抱一や神坂雪佳など琳派のおもだった画家の作品も多く所蔵。なかでも江戸琳派には、いち早く注目。その全容を把握するため、ほぼすべての画家を網羅し、随一のコレクションを誇る。

【住　所】京都市左京区岡崎最勝寺町6－3
【交通案内】地下鉄　東山駅下車　徒歩約10分

歴代の錚々たる画家との合作を残す

六兵衛窯

江戸後期から続く京焼の名家。初代清水六兵衛が形を作り、円山応挙《まるやまおうきょ》が絵を描いた水指のほか、幸野楳嶺《こうのばいれい》、竹内栖鳳《たけうちせいほう》、富岡鉄斎《とみおかてっさい》、横山大観《よこやまたいかん》、橋本関雪《はしもとかんせつ》など、日本を代表する数々の画家と交流し、合作を残している。琳派の精神を受け継ぐ日本画家で図案家の神坂雪佳オリジナルの図案を元に、四代、五代目が完成させた「水の図向付」は、復刻作品が今も販売されている。

【住　所】京都市東山区五条橋東5－467
【交通案内】京阪電車　清水五条駅下車　徒歩約10分

コラム　琳派始まりの地・鷹峯を訪ねて

～光悦寺ご住職・山下智昭さんに訊く～

琳派が始まった地といわれる洛北・鷹峯《たかがみね》の光悦寺。安土・桃山、そして江戸時代に京で活躍した芸術家の足跡を追う本書をまとめることになり、葉室さんが特に「一度、行ってみたい場所」と語った場所である。洛中から此《こ》の地に移り住んだ本阿弥光悦は、「いつか、書いてみたいと思う芸術家のひとり」という。新緑まぶしい春、気品高い静寂に包まれた寺を訪れた。

◆

光悦は自らこの地を選んだ？

光悦村とは、京都市北区・鷹峯に広がる光悦が開いた芸術村のことである。元和元年（一六一五）、大坂夏の陣を終えて二条城に立ち寄った徳川家康は、光悦に鷹峯の土地九万坪を与え、移り住むように命じた。光悦が五十七歳のときである。

洛中から遠く離れた、東京ドーム六個分にもあたるこの一帯は、当時追い剝ぎや辻斬りが多発し、治安は悪かったという。光悦を疎んじていた家康が、光悦を洛中から追いやったともいわれるが、光悦が望んでこの地を譲り受けたという説もある。

洛中を見下ろす場所

光悦寺のご住職・山下智昭さんは話す。

「江戸がどんどん日本の中心になって、京が寂れていく。何か一旗揚げてやろうと光悦は考えていたのではないかと思います。そこで広い土地が必要だった。洛中では限られているので、都と丹波を結ぶこの一帯に光悦は目をつけたのではないでしょうか。というのも、ここで長く過ごしていると、光悦が晩年を此の地で過ごしたかった気持ちが分かるようになるのです。紙屋川のせせらぎが聞こえ、鷹峯三山（鷹峯、天峯、鷲峯の三山）が美しく見える。遠くには東山三十六峰を望み、その手前には洛中が見渡せる。かつて自分が住んでいたところも見える。そりゃ、ここに住みたいと思うでしょうね。

平安京の北点・船岡山も見えます。ここは京都タワーより高い、海抜一六〇メートルの場所ですから、光悦の方が高い所に居るわけです。洛中では見られない風情も楽しめます。いろいろと想像が膨らみますね」

〝見え隠れ〟に感じる侘び・さび

光悦寺は、光悦が人生の最期を迎えた場所である。八十歳で光悦が亡くなったあと、光悦の子どもや孫たちが、光悦の墓を築き、寺とした。一時は荒廃したが、当時の風情はそのまま残っていて、大正時代に茶人たちの尽力で、境内に七つの茶室を築いた。七つの茶室を結ぶ通路は蛇行していて、常緑樹が適度に配置されているため、すべてを見渡すことができない。

「この見え隠れというのが大事で、昔の茶人の理想とする侘び・さびを感じます。ただ、よーく見てみたら軒先が見えることもある。よく見ないと分からないのです。じっくり見る人には、ここは実に興味深い場所だと思います」

茶室の一つである「大虚庵《だいきょあん》」が、光悦が晩年に結んだ草庵である。当時の寸法を参考に再建されたというが、光悦ほどの人物が住んでいたとは思えないほど、簡素な造りに驚く。

「光悦ももう晩年で、大きな屋敷はいらなかったんでしょう。すべての物を捨てて、最後はこのくらいで十分だった。侘び茶人としてふさわしく、小さな庵で、茶人仲間を呼んで余生を楽しみながら過ごしたわけですね」

竹の古さが微妙に分かれている「光悦垣」

大虚庵前には、割り竹を粗く菱形に組んだ竹垣、いわゆる「光悦垣」が続いている。緩やかにカーブしながら丈が低くなり、最後は地面すれすれの高さで終わっているのが特徴的だ。

「組んでいる竹も古いのと、少し古いのと、新しいのに分かれているでしょう？　年数によって竹を微妙に使い分けるのはここだけだと思いますね。垣根は人が入らないようにする目的もありますが、この竹垣は、路地と境内を仕切ることで、ここから奥は神聖だという結界の意味もあったと思います」

琳派がこの地で始まった理由

寺の収蔵庫には、光悦が光悦村を築いた頃の古地図が残されている。光悦が住んでいた家の周囲には、当時の富裕層の一人・茶屋《ちゃや》四郎次郎《しろうじろう》や、豪商で光琳の祖父でもある尾形宗柏《そうはく》、宗達と縁があったと思われる蓮池常有のほか、蒔絵師の土田宗沢《そうたく》、筆屋妙喜《みょうき》、紙屋宗仁といった、そうそうたるメンバーの名前が連ねられている。

「それだけ光悦には人望があったわけですね。光悦という指導者のまわりに有能な職人がいて、豪商もいるから財力もある。この条件がそろうと新しいものが生まれる。これが琳派の始まりと考えられます」

収蔵庫には、光悦の代表作である国宝「舟橋蒔絵硯箱《ふなばしまきえすずりばこ》」の複製品が展示されている。もともと刀を研ぐことを本業としていた光悦らしく、硯箱に鉛を使い、後撰和歌集の歌があしらわれた、それまでの硯箱とは一線を画す、光悦の遊び心が詰まった作品だ。なかでも最も目を見張るのが、こんもりと盛り上がった蓋の形だ。硯蓋は、蓋を開けたらひっくり返して置くものだから、平面に作るのが普通だが、盛蓋にしたところに、光悦の独創性が垣間見える。

「これは、琳派でいう遊び心でしょうね。横から見ると山（鷹峯）に似ていませんか？光悦は、鷹峯がよっぽどお気に入りだったのだと思います。遊びの達人であった光悦が、鷹峯の風情を面白いと思って、この硯箱を作った。あの山を見て、この硯箱を見たら、光悦の遊び心が分かるのではないでしょうか」

鷹峯は、さまざまな角度から眺めることができるが、光悦寺から眺める形が最も美しいと称される。日々美しい山を眺め、静かに、それでいて遊び心を失うことなく晩年を過ごした光悦に、ゆっくりと思いを馳せてみたい。

【住　所】京都市北区鷹峯光悦町29
【交通案内】市バス　源光庵前下車　徒歩約3分

【第二章】

海北友松

『墨龍賦』

海北友松（かいほう ゆうしょう）

天文二年（一五三三）〜慶長二十年（一六一五）。絵師。狩野永徳や長谷川等伯と並び称される桃山画壇の巨匠。浅井家家臣・海北綱親の五男として生まれる。父の戦死を契機に東福寺に入り、ここで狩野元信、狩野永徳らに学んだという説がある。六十歳を過ぎてから画業が花開き、代表作「雲龍図《うんりゅうず》」（口絵P6〜7）のようなダイナミックな画面構成の水墨画で知られる。最晩年は「月下渓流図屏風《げっかけいりゅうずびょうぶ》」（口絵P8〜9）のような穏やかで詩情豊かな画風。絵筆を握り続け、八十三歳でその生涯を閉じる。

『墨龍賦《ぼくりゅうふ》』
葉室 麟
PHP文芸文庫

【あらすじ】

主人公・海北友松は、武家に生まれながら寺に入り、禅僧になる修行をしていた。そこで絵を学び、やがて絵師になる。明智光秀の側近・斎藤内蔵助や安国寺恵瓊と出会い育んだ友情、そして六十歳を超えて花開いた画業。惑いながら生きる友松の姿を力強く描いた、著者の五十作目。

ごく普通に生きていつしか〝何者か〟になる

～生き惑いつつ、生き抜いた孤高の絵師～

うしろを向くな！　先を見ろ！

龍が、見る者を威圧するほどの迫力で描かれている。
龍は春分に天に昇り、秋分には淵《ふち》に潜《ひそ》むという。八面の襖の中に対峙する阿吽《あうん》二形《ぎよう》の双龍《そうりゆう》だった。濃墨《こいすみ》を用いて暗雲を描き、墨の濃淡が巧みに使い分けられ、深みと力強さを併《あわ》せ持つ絵だった。

（『墨龍賦』二十四）

京都最古の禅寺、建仁寺。その方丈に描かれた「雲龍図《うんりゆうず》」といえば、誰でも思い当たる有名な襖絵だ。葉室さんが五十作目となる小説『墨龍賦《ぼくりゆうふ》』で描いたのが、遅咲きの絵師、海北友松だ。

建仁寺の方丈は一度、焼失し、その後、なかなか復興がままならなかったが、慶長四年（一五九九）、当時、豊臣政権下で重用されていた禅僧、安国寺恵瓊《あんこくじえけい》によって、安芸国の安国寺から移築されたことで復興した。焼失後、半世紀を経てようやくのことだった。

六十七歳でおとずれた、一世一代の晴れ舞台

その折に、障壁画などの装飾一切を任されたのが六十七歳の友松だった。

恵瓊は、若かりし頃より、友松とともに東福寺で修行をした仲だった。二人はときに意見が異なり、互いに言い募る仲でもあったが、そこには確かに友情が育まれていた。

その縁あってのの抜擢は、友松にとっては一世一代の晴れ舞台だった。そして彼は、広大な建仁寺方丈の五つの部屋に、「雲龍図」のほか、「竹林七賢図」や「山水図」など、全五十二面（現在は五十面）の水墨障壁画を描き切った。

方丈の玄関に最も近い礼之間の、北側と西側の八面を飾る「雲龍図」は、これらの水墨障壁画のなかでも、ひときわ、観る者を圧倒する気魄に溢れている。縦二メートルにも及ぶ巨大な画面いっぱいを使って、にわかに風雲湧き起こるなか、二匹の龍が身をくねらせ、こちらをカッと見開いた目で睨み、今まさに天に昇らんとする姿が、

凄まじい墨気で描かれている。

物語のなかでは、この双龍の前に立った恵瓊が、思わずはっと息を呑む。鳥肌が立つような場面は、友松が絵師として、その才を高らかに歌い上げた瞬間であり、まさにこの物語のクライマックスシーンといえる。

恐ろしさのなかにある龍の戸惑い

「雲蒸龍変という言葉がありますが、これは雲が湧き起こり、龍が勢いを増して、変幻自在に活動するさまを示す言葉です。『雲龍図』を見ていると、雲に乗って、ぐんぐん天に昇っていく龍が、じつに力強く描かれていて圧倒されます。一瞬、恐ろしさを感じるのですが、その恐ろしさのなかに、龍自身の戸惑いのようなものを感じるのです。よく見ると、こちらを襲ってくるような獰猛さを感じさせないんです。

淵に潜んでいた龍がある日、突然、雲の力を得て、天に昇る。でも、その龍は、それまで自分が龍だと気づいていなくて、途中で『あれ、おれは龍なのか？』と気づく……。そんな表情にも見てとれます。友松自身も、この龍のように、あるとき、はたと〝己の姿〟に気づいたのではないか。『そうか、自分は絵師なのだ』――と。僕はそんなふうに感じました」

ともに武家出身の友松と恵瓊の繋がり

友松と恵瓊はともに武家の出。若い頃から東福寺に預けられ、禅僧になるための修行をしていた。

友松は、寺に入ってからもずっと、還俗して武士に戻りたいと願っていた。しかし、織田信長との戦いで実家の海北家は断絶してしまい、結局、還俗は叶わなかった。十代の頃、幕府の御用絵師だった狩野元信《かのうもとのぶ》に絵の才を認められて以来、武士に戻ることを夢見ながら、絵筆を握り続けた。

一方、恵瓊は安芸国の銀山城主、武田信重《のぶしげ》の子で、銀山城が毛利氏に落とされて武田氏が滅亡したときに、東福寺末寺だった安芸国・安国寺に入る。恵瓊もまた家を再興したいと考えていたが、それは友松のように還俗して武功を立てるやり方ではなかった。

彼は頭脳明断さを生かし、巧みな交渉術によって豊臣政権下で頭角を現し、やがて毛利家の外交僧として活躍するようになる。

「二人とも前半生には謎が多い。友松と恵瓊の繋がりは、はっきり史実が残っているわけではないんですが、出自が似ていることや、同じ東福寺で修行をしていたことなどを考えると、何らかの結びつきがあったと考えられます」

「あなたの背中を見ていたら、こんなところにはいたくない、外の世界へ飛び出したいという思いが感じられました」

「こんなところにいたくない、か」

友松は苦笑した。

「さようです。実はその思いはわたしも同じなのです。だから、あなたの気持がわかったのだと思います」

恵瓊は自信たっぷりに言った。

（『墨龍賦』　一）

組織のなかで生きる難しさを痛感しながら

友松と恵瓊の会話には、絵師になどなりたくないと思いつつも、絵筆を握り続けた友松の心象がうかがえる。この友松の姿に、葉室さんは、つい、自分自身を重ね合わせてしまうという。

「僕は地方紙の記者からスタートし、組織のなかで生きる難しさを痛感しながら働き続けてきました。組織のなかではやりたい仕事を必ずしもできるわけではなく、思うようにいかなかったときの方が多かったといえます。ほとんどのサラリーマンはみな、そうではないでしょうか。でも生きていくためには、その道しかないわけです。

おそらく友松も、才能があったとはいえ、生きていくために絵師になったのでしょう。それがあるとき、先に述べた龍と同じように、ふと『〝絵師〟として生きる自分こそが、本当の自分ではないのか？　これが自分なんだ！』と気づいて、それからは、本来の〝自分〟で生きよう、生き抜こうと思ったのだと思います」

六十代でデビュー、うしろを見ない友松の生き方に学ぶ

友松がこの絵を描いたとき、齢、六十七。

「自分は何者か⁉」を問い続けながら、絵師として生きることで、彼はようやく本来の〝自分自身〟を見つけ出した。そして、その驚きと喜びにも似た感情は、ほとばしるような生気を生み、後世に遺る偉大な作品を次々と完成させていった。

「普通なら『雲龍図』が絵師としての最高の到達点となってもいいわけです。それなのに、友松は、ここから先がじつに凄い。堰を切ったように、傑作の『花卉図《かきず》』や『琴棋書画図《きんきしょがず》』など素晴らしい作品を描いていくんです。『雲龍図』で、彼は間違いな

く、一つの高みに達しているんですよ。

そこで止まることなく、その先にどんどん、進んでいく。『そういう生き方もあるんだ！』と思ったとき、友松という絵師に非常に興味を持ったんです。六十代が彼の絵師としてのデビューになるわけですが、この『雲龍図』を見ていると、非常に意欲的なのが分かる。『まだ先がある！　まだまだ先を見据えて前を向いていこう』という熱い思いが溢れているんですね」

書いて書いて、書き通したい

「人は歳を重ねると、そう、六十歳にもなれば、ついうしろを見がちになるものです。『あのとき、あいつに勝った』とか、『ああすれば負けなかった』とか、過去の栄光にすがって優劣に気持ちをとられてしまう。しかし友松は、『うしろを向くな！　先を見ろ！』とばかり、七十歳でも八十歳でも止まらない。『雲龍図』には、そんな彼の気魄、若々しさ、新鮮さがもっともよく表れているように思います。

僕は今、六十六歳（註3）。友松が『雲龍図』を描いたのが六十七歳のときです。彼のエネルギーには及ぶべくもありませんが、僕自身、五十代で小説家としてデビューして、〝小説を書く〟ことに自分自身を見出したのなら、とことんやり尽くしたい。

何があろうとも、見えているものがあるならば、書いて書いて、書き通したい。でないと自分は決して納得がいかないだろう――そんな思いに日々、突き動かされているんです。友松も何かに突き動かされるように絵を描き続けましたが、彼は絶対に振り返らない人だったと思います。だから僕も振り返らない。彼のことを書いているうちに、何度も強く思ったことです」

註3：取材は、二〇一七年春に行われました。

美しく生きることを自らに課す

海北友松。その、振り返らない人生で、彼が描きたかったものは何だったのか。「雲龍図」に至るまでの道程をたどりながら、彼の足跡を追っていこう。

――武士は美しくなければならない。

友松はいつしか、そんな考えを抱くようになっていた。武門として生きることは、おのれの美しさを磨くことではないか。
（中略）
そして、今日、そんな漢《おとこ》に出会った。
――斎藤内蔵助
である。

（『墨龍賦』四）

明智光秀の家臣・内蔵助との出会い

物語の前半で、友松はある一人の武士と出会う。それが友松にとって数少ない、心許せる友となる斎藤内蔵助《くらのすけ》である。内蔵助は明智光秀の家臣だった。内蔵助は、有能な人物として描かれている。武勇の人で、光秀にも重用され、本能寺の変のときも一番の働きをしたといわれる。ここでは、〝美しさ〟というキーワードが出てくるが、友松は、内蔵助に武士の理想像を見たと葉室さんはいう。
「日本の歴史を見ると、武家が時代のモラルをつくっていきます。韓国などの儒教国家では、武官の仕事はあくまでも戦争です。だから、戦に強くなければ偉くなれないんです。しかし、その一方で政治や文化を司る文官に比べると、卑しめられる傾向が、やや、あったんですね。

日本では鎌倉時代から、武士には〝名こそ、惜しけれ〟という矜持があり、彼らは独特のモラルを自らに課して生きてきました。また、武家のなかには茶の湯や連歌を嗜み、文化芸術に造詣が深い人も多くて、そこに我が国独自の美意識が生まれたのだと考えられます。

たとえば日本の武士は切腹するときに、辞世の句を詠みますよね。ヨーロッパの歴史上では見られないことです。辞世の句などというものは、歌を識り、歌を詠むという素養がないとできないわけです。戦いにおいては、勝つか負けるかが大切なわけですから武士は武道の鍛錬をします。しかし、それだけではなく、教養も身につけ、精神的に美しく生きることを自らに課すのが武士なのです。斎藤内蔵助はそういうものを体現している男でした。友松にとっては、美しく生きる理想の武士であり、憧れであり、非常に好ましい存在だったのだと思います」

明智光秀は天に駆け昇ろうとしている龍

その内蔵助が友松に対し、「いずれ、武門の統領になられるべきお方でござる」と明智光秀を引き合わせる。光秀の佇まいに、友松は深く心惹かれる。

武士の目は智慧《ちえ》の光を宿《やど》して黒々と輝き、人品骨柄《じんぴんこつがら》にいささかも卑《いや》しさがない。それでいて、京に暮らす幕臣のようなひ弱で欲深そうなあざとさも感じさせない。

（中略）

友松は、何となく、この武士は、

――国主

の器《うつわ》があるのではないか、と思った。

（中略）

（あのひとは蛟龍《こうりゅう》だ――）

蛟龍はみずちとも言う。水辺《みずべ》に住み、雲雨《うんう》に会えば、天に昇って龍となると伝えられる。時運を得ない英雄豪傑《ごうけつ》のたとえでもある。

友松はため息をついた。

あの武士が蛟龍だとすれば、自分はいったい、何なのかと思う。

（『墨龍賦』　四）

桂川を長い列になって押しわたる軍勢を見たとき、友松は緊張で体が震えた。

明智勢はいまから、覇王信長を討とうとしているのだ。そう思うと、興奮が体中を駆け巡る。

(わたしはかつて明智様は蛟龍に違いない、と思ったが、いままさに龍として天に駆け昇ろうとしているのだ)

友松は思わず、葦の繁みから飛び出し、川岸に走り出た。

明智勢の動きを残らず見届けたい、と思った。

この一軍が戦国の世の流れを一気に変えようとしているのだ。その様はあたかも暗黒の雲間を切り開いて、龍が姿を現わしたかのようだ。

そう思いつつ眺めたとき、友松の目には、

——雲龍《うんりゅう》

の姿が映じた。

(『墨龍賦』二十一)

空が白み始めた桂川で、ひそかに明智軍が進軍するさまを目の当たりにしたとき、「雲龍図」創作への、小さな火種が、友松の身中に燃え上がった。

修羅の覚悟を持って生き抜く

友松を絵師たらしめた天才・狩野永徳という存在

『墨龍賦』において、友松はさまざまな人間と出会いを重ねていくが、そのなかに稀代の天才絵師であり、後に友松の師となる狩野永徳《かのうえいとく》がいた。永徳は狩野派を代表する絵師であり、天才とうたわれ、「聚光院障壁画《じゅこういん》」や「洛中洛外図屏風《らくちゅうらくがいず》」などを描いた。

物語では、東福寺で喝食《かつじき》をしていた友松が、当時、御用絵師として名を馳せていた狩野元信《もとのぶ》に絵の才を見出されて弟子となる。元信の死後、狩野家を継いだ孫の源四郎（のちの永徳）に弟子入りする。あるとき、二条城において、二人は、絵師と武士の生き方についてこんな会話を交わす。

「友松は相変わらず、覚悟が足らんな。還俗して武士になろうか絵師になろうかと迷うてるんやろけど、武士も絵師もどっちも修羅の道やいうことを心得とかんと、とんだしくじりをするぞ」

友松は目を鋭くした。

「絵師もまた、修羅の道と言われるか」

「そないなことも心得ずに絵を描いているんか。武士は槍や弓矢、刀で戦うけど絵師は絵筆で戦う。おのれが思う絵が描けるかどうかは戦とおんなじや」

源四郎は昂然《こうぜん》として言った。自らの絵に誇りを抱き、相手が将軍であろうとも歯牙にもかけていない。

（なるほど、これが狩野か――）

（中略）

「嘘《うそ》は申さぬ。絵師の道が修羅であるというお言葉、たしかに承《うけたまわ》った。拙僧もいずれ修羅の絵を描こうと存ずる」

友松はきっぱりと言った。（『墨龍賦』十）

〝もう一つの修羅〟を生きるとは何か？

天才肌の源四郎は、傍若無人な言動で、幾度も友松を驚かせる。葉室さんは、永徳に〝修羅〟という言葉を言わせているが、その背景には、葉室さん自身のこんな思いがある。

「僕は、自著『乾山晩愁』（角川文庫）のあとがきに、花田清輝《はなだきよてる》という人の言葉について書いたことがあるんです。『鳥獣戯話』という本の第二章『狐草紙』で、花田さんは『この世の中には武士ばかりがいたわけではなく、かえって、ほんとうの修羅は――いや、ほんとうというのがいいすぎなら、もう一つの修羅といいなおしてもいいが――案外、舌さき三寸で生きていた口舌の徒《こうぜつ と》のあいだにみいだされる』と書かれているんですね。

これはおそらく、連歌師などのことを言ったのだろうと思うのですが、僕はなぜか、これは絵師にもあてはめられるなと感じました。永徳のように、権力者に仕えることで絵師としての地位を必死に守ろうとする生き方、それもまた修羅なんだと……。絵に、おのれの生き方が出る絵師は、武士とは異なる〝もう一つの修羅〟を生きているわけです。そう思うと、僕自身も〝もう一つの修羅〟を生きているのかもしれないなあと思いますね。一冊の本を書き上げても、再び、何かを書きたいという思いが募ってくる。そこには〝もう一つの修羅〟が間違いなくあるんじゃないかと思うのです」

師・永徳が織田信長の命を受けて、安土城の天主に絵を描くとき、友松もともに登城する。ここで友松は、海北家を滅ぼした仇敵、信長に初めて出会うが、このとき、信長はすでに天下を掌中に収めつつあった。

しかし、世は凄まじく蠕動し、その後、しばらくして本能寺の変によって信長は死ぬ。

一代の覇王信長の最期《さいご》はいかにもあっけなく、信長が身にまとったあらゆる絢爛豪華なものも灰燼に帰した。だとすると、信長とともにあった永徳の絵も亡びるだろう、と友松は思った。

そんな永徳の絵に取って代わるのは、質実剛健《ごうけん》にして気概に満ちた絵ではなかろうか。そのような絵を描くものは天下に自分ひとりだ。

友松の脳裏にはこれから描くことになるであろう、

——雲龍図
が浮かんでいた。


（『墨龍賦』二十一）

修羅の覚悟を持って、時代のなかで生き抜く

「その時代、その時代のなかで生き抜くというのは、ある種の修羅の覚悟を持って生き抜くということだと思います。永徳にとっての修羅も、友松にとっての修羅も、ずばり、あの時代＝戦国時代を生き抜くということなんです。もう、いつ死ぬか分からない日常が続くなかで、信長も光秀も内蔵助もあっけなく死んでいってしまう。明日は生きるか死ぬか、そんな死と隣り合わせの時代に生き続けて、しかも絵を描こうなんてことは、ほんとうは、もうそれだけで、修羅を生きることになるんだと思いますね」

本能寺の変ののち、友松は永徳のもとを去る。永徳はその後、秀吉にその才を認められ、天下の絵師としてさらにその名を広めた。秀吉が天下人として上り詰めていくのと呼応するように、永徳の絵もまた豪壮さ、華麗さを増していった。

永徳の絵は、やがて、
——佐佐奇奇《かいかいきき》
などと言われるようになった。どことなく逸脱《いつだつ》して、人間離れした奇怪《きっかい》なものを漂《ただよ》わせているということだろうか。

永徳は自らの画業に常に焦りがあるかのようだった。秀吉や大名からの注文を受け、休むことなく、描き続けた。そんな永徳が倒れたのは、秀吉が天下統一を成し遂げた天正十八年（一五九〇）のことだった。

永徳は絵を描きつつ倒れ、不帰のひととなった。享年四十八。

友松が独立した絵師として世間に顔を出すのは、永徳が亡くなって数年してからのことである。（『墨龍賦』二十四）

「洛中洛外図屛風」や「唐獅子図屛風《からじしずびょうぶ》」に見るように、永徳の絵は華麗で絢爛豪華な世界へと昇華していった。対して友松は、信長の死を契機に質実剛健な画風を確立していく。それが世に現れるのは、まだ少し先のことになる。

生き残り、何かを背負い、なお生き続ける

禅居庵の「松竹梅図襖」に重なる心境

永徳の死後、絵師として再び、世に姿を現した友松は、建仁寺に「雲龍図」のほか、「花鳥図」、「竹林七賢図」、「山水図」、「琴棋書画図」など数多くの障壁画を描いた。その絵は五十余り、周辺の寺院に描いた作品を含めると、その数は百を超えている。そのなかの一つに、建仁寺の塔頭、禅居庵の襖十二面に描いた「松竹梅図襖」がある。物語では、友松と恵瓊が、この「松竹梅図襖」の前で、再会する場面が登場する。このとき、すでに毛利家の外交僧として活躍していた安国寺恵瓊には、危機が迫っていた。

秀吉の死後、家康打倒のため、石田三成が挙兵を目論んでいた。それに際し、毛利

方を豊臣方に引き入れる算段を恵瓊が担っていたが、吉川広家の裏切りにあってしまい、結局、関ヶ原で西軍が惨敗する。

　西軍方にいた恵瓊は徳川勢に追われるように、近江から京の建仁寺へと落ち延びた。そしてようやくたどり着いた禅居庵で、「松竹梅図襖」を目にする。そこには松の巨木、優美な梅、そして松にとまる叭《は》々鳥《はちょう》が描かれていた。

　襖四面のほぼ中央に、松の巨木が身をくねらせるように立ち上がり、力強く描かれている。その幹には二羽の叭々鳥が羽を休めていて、松の木の下方は霧が漂っているのかその姿は見えず、巨木がふわりと浮かび上がっているような視覚効果を生み出している。対する梅もまた、襖四面いっぱいを使って描かれているが、巨松の曲線的な動きに比べると非常に直線的な筆致で、鋭い細い線によって枝ぶりが描かれ、画面には凜と厳しい雰囲気が漂っている。

生き方は異なってもお互いを讃え合う

　恵瓊は襖絵をじっくりと見て、

「松はさしずめ、友松殿でございますか。されば、わたしは梅なのでしょうか」

と言った。

友松は微笑してうなずいた。

さようか、とつぶやいた恵瓊は梅に見入りながら、

「気高《けだか》く、凜《りん》とした梅でござるな。拙僧もかくありたいと思います」

とつぶやいた。

「さように思っていただければ嬉しゅうござる」

友松はしみじみとした表情で言った。恵瓊の顔に笑みが浮かんだ。

「さらに申せば、梅は散る前に香《かおり》を残します。友松殿は、拙僧に潔く散って、ひとしてのよき香を残せと言われたいのでしょう」

（中略）

さらに恵瓊は言葉を継いだ。

「もし、この松が友松殿であるとするなら、梅の友でありましょうか」

「無論でござる」

友松は即答した。

（『墨龍賦』二十五）


若い頃は、ときに互いの生き方を批判しあったこともあった二人だが、今、恵瓊と友松の間には、静かで、清々とした時間が流れている。

互いに戦国の世をここまでよく生き抜いた。生き方は異なっても、互いを讃え合う

思いがこの二人の間にはあるのだろう。自らの死を前にした恵瓊の静かな境地、それを淡々と、しかし、力強く受け止める友松の心。二人の男の友情が美しく昇華するさまが、梅と松の絵を通して、みずみずしく描かれている。

このあと、恵瓊は捕えられ、三成らとともに、六条河原で斬首された。

斬首される際、恵瓊は落ち着いた声で、

――清風明月を払い、明月清風を払う

と言い放った。

一片の曇りもない清々《すがすが》しい心持ちで、恵瓊はこの世を去ったのである。

（『墨龍賦』二十五）

〝生き残ってしまった人〟の生き方

友松の人生に深くかかわった人々の多くが、戦国の世の間に次々と散っていった。

葉室さんは、友松を"生き残ってしまった人"だという。

「熊本の詩人で、谷川雁(註4)という人がいます。労働者文化の運動家でもあり、『東京へは行くな』ということを散々書いておいて、最終的に自分は東京に行ってしまうような人なんですが（笑）。この人が『革命』というタイトルで詩を書いています。そのなかに一箇所だけ、熊本弁を使っている箇所があります。"ぎなのこるがふのよかと"という水俣地方の方言で"残った奴が運のいい奴"という意味なんですが、僕はそれを"生き残った奴が運のいい奴"と捉えているんです」

自分の生をまっとうしているか?

「で、それを友松に重ねることができるんじゃないかと考えてみたわけです。内蔵助も死に、永徳も死に、恵瓊も死に、結局生き残った自分が、絵師として生き続けている。まさに、他者から見れば、"ぎなのこるがふのよかと"なんですが、友松にとっては、生き残って良かったという単純なことではなかったでしょう。内蔵助も恵瓊も、それぞれ自分の生を、自分の選んだ生き方でまっとうしたわけです。

『では、自分はどうか、生をまっとうしているのか? 彼らのように、戦い尽くして死んでいったという人生の方が、本当は正しいのではないか?』という思いが、友松にはあったのではないでしょうか。友松は武家の出ですし、武家は生き残ることを恥じる文化がありますから。

しかし、彼は、生き延びたことを否定しようとは決して思っていなかったはずです。それは、その後の、溢れるような創作を見れば分かります。生き残ったからには、しっかり生きていかなければならないわけだけれど、そこに自分が背負わなければいけないものがあることを知っていた。友松は、死んだ者たちの面影や思いを背負って生きていくことを覚悟したのではないかと、僕には思えるんです」

自分のするべき役目を知る

人としてある種の使命を担うこと。生き延びた者は、自分がするべき役目をきちんと知るべきだと葉室さんはいう。神がいるとすれば、神の考えがあって、自分にそういう役割を与えているはず。生き残った友松にとっては、死者たちの面影なり、思いなりをきちんと自ら背負いつつ、絵を描くことが使命であると感じたのではないだろうかと。

「じつは、僕にも似たような思いがあります。二〇〇九年、直木賞候補になったとき、僕と一緒に北重人《しげと》さんも候補になられて、そのときは山本兼一《けんいち》さんが直木賞を受賞されたんです。その後、北さんも山本さんも、亡くなってしまわれました。あの三人のなかで、僕だけが生き残っているんですよ。お二人には、これからどんなに書きたいことがあっただろうかと、道の途中で逝くことの悔しさを考えてしまいます。僕にとっても、単純に〝ぎなのこるがふのよかと〟ではない。

だから、おこがましいかもしれないけれど、僕は二人の思いを背負いつつ、魂を込めて、書き続けなくてはいけないのではないか。僕の勝手な思いですが、そんなふうに思うところがあって、友松の思いが少しは、分かる気がするんです」

本能寺の変のすぐあと、友松が恵瓊に語った言葉がある。絵に魂を込めて描く。それは、描いた者がこの世を去ったのちも残り、後世の人々にその魂を伝えていくのだと。

「わたしは、絵とはひとの魂を込めるものでもあると思い至りました。この世は力ある者が勝ちますが、たとえどれほどの力があろうとも、ひとの魂を変えることはできません。絵に魂を込めるなら、力ある者が亡びた後も魂は生き続けます。たとえ、どのような大きな力でも変えることができなかった魂を、後の世のひとは見ることになりましょう」

（『墨龍賦』 二十四）

註4：詩人・評論家・労働運動家。大正十二年（一九二三）、現熊本県水俣市生まれ。東京帝国大学文学部卒。戦後、西日本新聞社に入社するが、日本共産党に入党し労働争議を主導して解雇される。昭和二十九年（一九五四）に第一詩集『大地の商人』刊行。評論集『原点が存在する』『工作者宣言』は一九六〇年代の新左翼陣営に思想的な影響を与えた。平成七年（一九九五）、肺がんのため死去。

豊穣のとき、詩情溢れる芳しき晩年

自由を謳歌しながら創作に打ち込む日々

建仁寺の壮大な水墨障壁画を描き上げ、世にその名を知らしめた友松は、その後、大名家や宮中との交わりを深めていく。なかでも八条宮智仁《はちじょうのみやとしひと》親王と親しく交流し、たびたび邸を訪れるようになった。ここで友松は多彩な文化人、教養人との交誼のなかで古典の素養を身につけ、大和絵など伝統的な絵画様式の造詣を深めていく。そして創造の翼をさらに大きく広げていくのだった。

桂離宮《かつらりきゅう》を造営した智仁親王の求めに応じて、友松は、
——浜松図屏風《はままつずびょうぶ》
網干図屏風《あぼしず》
——山水図屏風
などを描いた。中でも、
では、線によらずに墨の濃淡の諧調《かいちょう》により、山容や樹々《きぎ》、石などを描いた。それは狩野永徳でも描けなかった立体感のある山水画だった。
晩年の友松は悠々自適《ゆうゆうじてき》に暮らしながら、絵を描き続けた。
（『墨龍賦』二十六）

生き惑いながら、〝何者か〟になる

「友松の晩年は、八条宮智仁親王を中心とする当時の文化教養サロンに出入りし、良き理解者たちに恵まれて、穏やかで精神的に豊かだったようです。たとえば『浜松図屏風』。僕も好きな絵ですが、大和絵の古典的な題材を描きながら、金の州浜、輪郭のゆるやかな岩、青海波を柔らかく表現した波、モコモコとしたフォルムでユーモラスに描かれた松など、友松らしい、伸びやかで、明るい世界が描かれています。精神

的に豊かな背景があったからこそ、描けた作品でしょう。

でも、僕は、ここに至るまでの友松は、〝生き惑った人〟だったと思うんです。生き残り、生き惑いながら、最後にたどり着くべき場所にたどり着いた。そんなふうに思えて仕方ないんですね。武士に戻れずに、仕方なく絵師になったわけではなく、自分が持っている本来の力＝才に導かれるままに、絵師になっていったと、僕はそう考えています。人にはそういう生き方もあるんですよ。ほんとうは、『一人の芸術家が苦悩のあげく、絵師としてこんな素晴らしい作品を描きましたよ』といったストーリーの方が、小説としてはドラマティックなんでしょうけれど（笑）。

ドラマティックな生き方だけが、大事というわけではないでしょう。苦悩の果てに、〝何者か〟になるのではなく、むしろ、ごく普通の人の生き方をするなかで、〝何者か〟になっていく。人の一生というのは、真面目にコツコツやっていたら、何がしか、自分自身で納得のいく結果を出していけるんだと、友松は教えてくれると思うし、僕自身、勇気づけられますね」

絵に込めた苦しみ、悩み、煩悶、野望

友松の生き方が、永徳の生き方と大きく異なる点――それは友松が流派を作らぬ孤高の絵師だったことだろう。建仁寺の障壁画などの偉業を含め、広く天下に名を成していた友松なら、狩野派のように、いくらでも派閥を作って、隆盛を誇ることができたはずだが、友松はその道は選ばず、最晩年まで、独り、淡々と、おのれが描きたい世界を描き続けた。

「戦国時代に限らず、武将たちは優れた絵師に命じて、数多くの絵を描かせました。絵師たちは、権力者の好みに合わせて絵を描くわけですが、彼らは、おのれの苦しさや悩み、煩悶や野望など、いろいろなものを実は絵のなかに込めているのではないかと思います」

権力者たちが亡くなったあと、年月とともに皆、権力者のことは忘れてしまうが、絵は残る。権力者が人々の心に映し出されるのは現世だけであり、未来へ向けて生き延びていくのは、やはり表現者なのだと葉室さんはいう。

「友松には、同じ表現者として、永徳のような、天下の絵師としての華やかさやドラマティックさはありません。だからこそ、友松の晩年の作品群が醸す、あの、器が大きく、懐が深く、どこまでも伸びやかな世界が生まれたのではないでしょうか。友松のおおらかさと、器の大きさを最も感じさせる作品が、彼の最晩年の作品『月下渓流図屏風』(口絵P8〜9)でしょうね」

七十歳を超えてなお磨かれる感性

「月下渓流図屛風」は、六曲一双の屛風に、霞に煙る山深い渓谷の早春の風景が描かれている。画面左端の上方に朧月がふわりと浮かび、その淡い光が雪解け水の渓流を優しく照らし、松、白梅、蒲公英《たんぽぽ》などの草木が、柔らかく浮かび上がる。すぐ、そこまで来ている春の足音が微かに聴こえてきそうな、どこか温かみを感じさせる静寂のひとときを、ダイナミックな構成で情感たっぷりに描いている。あの激しい雲龍を描いた、同じ人の絵だろうかと見る者に思わせる。

「山深い早春の景色を、優美に、雅びやかに、そしてほんとうに瑞々しく描いていますよね。光と影が柔らかく溶け合う静寂の世界。それでいて、寂しさや孤独はなく、温かな情趣に包まれている。何よりも、明るく、豊かな詩情に溢れていること、そこに僕は深い感銘を覚えました。この情緒性こそが、友松の真骨頂だと思います。

友松はすでに七十歳を超えており、普通ならば感情も感性も枯れていくというか、だんだん瑞々しさを失っていきそうなものですが、彼の感性はどんどん磨かれていくんですね。この絵からは、友松がじつに柔らかでフレッシュな目線で対象物を見て、美しいものをちゃんと美しいものとして捉えていることが伝わってきます。『雲龍図』で、あれほど激しく爆発した才能が、最後には、絵師として、自分らしく、こんなにも満ち足りた、円熟の境地に達している。この作品が最終的に彼が達した世界だと思うと、非常にうらやましいですし、おそらく一個の人間としても、とても幸せな人生だったのではないかと思います。僕自身、こんな絵の世界のなかで生きてみたいと思うくらい、この絵が一番好きです」

海北友松は、この年、六月二日に亡くなった。享年八十三。
戦国時代の終焉《しゅうえん》を見届けたかのような最期だった。
（『墨龍賦』二十六）

友松が生きた時代は、戦や病により五十代まで生き延びるのがせいぜいで、六十代、七十代と精力的に絵の創作を続け、八十三歳まで生きるなどということは、稀であった。

孤高だが、孤独ではない生き方

物語は、春日局と友松の息子、小谷忠左衛門との会話で締めくくられる。

春日局は、友松の人生の友、斎藤内蔵助の娘である。彼女もまた、謀反人の娘として戦国の世を生き抜き、数奇な運命を経て、三代将軍徳川家光の乳母を務めた。大奥を統率し、幕府の内外に大きな影響力を持つ女性であった。

京で一介の絵師として細々と暮らしていた忠左衛門は、物語のなかで、春日局に招かれて江戸に赴き、初めて、友松と斎藤内蔵助の友情について聞かされた。忠左衛門は「友松の話を聞いてどのように思ったか？」と春日局から問いかけられる。

「されば、父はこの世に何かを伝えようと、懸命に絵師として生きたのだと存じます。父が伝えたいと思ったことは、あるいはわたしの胸の裡にもあるやもしれません。これからはそれを探して生きて参りたいと思います」

(中略)

忠左衛門は春日局によって徳川家光への推挙を受け、江戸に屋敷を与えられた。

そして海北家を再興して友雪《ゆうせつ》の号を用いるようになる。

(中略)

やがて海北友雪は友松を思わせる妙心寺麟祥院《みょうしんじりんしょういん》客殿の、

――雲龍図

西湖図《さいこず》

のほか、〈　の谷合戦図屛風〉、〈花鳥図屛風〉などの秀作を遺した。
友松の画業は、斎藤内蔵助との奇縁により子に伝えられたのである。

（『墨龍賦』二十六）

孤高の絵師ではあったが、決して孤独ではなかった海北友松。再び武士に戻ることを夢見ながら、絵筆をふるい、数多くの優れた絵を描き遺した。権力者に仕えないという矜持を死ぬまで持ち続け、武士としての誇りとともに生きた絵師であった。

海北友松の作品群が高精細に蘇る

建仁寺①

臨済宗建仁寺派大本山の寺院。建仁二年（一二〇二）に、年号を寺名として創建された。海北友松が描いた方丈襖絵「雲龍図」「花鳥図」「竹林七賢図」「琴棋書画図」「山水図」（すべて重文）や俵屋宗達による「風神雷神図」（国宝）は、京都国立博物館に寄託されているが、高精細デジタルによる複製画が、一般公開されている。

【住　所】京都市東山区大和大路通
四条下る小松町
【交通案内】京阪電車　祇園四条駅下車
徒歩約7分

襖十二面の墨絵「松竹梅図」を所蔵

建仁寺② 禅居庵

鎌倉時代後期に創建された建仁寺派の塔頭寺院。開基は、元国からの来朝僧・大鑑清拙正澄《だいかんせいせつしょうちょう》禅師で、開山は小笠原貞宗。境内に祀られている摩利支天は開運勝利のご利益があるとして、「日本三大摩利支天」の一つに数えられている。作中で、安国寺恵瓊が見て息を吞んだとされる友松筆の墨画で重文の「松竹梅図襖」は、現在京都国立博物館に寄託。

【住　所】京都市東山区大和大路通
四条下る4丁目小松町146
【交通案内】京阪電車　祇園四条駅下車
徒歩約7分

小説の重要シーンに登場する名刹

妙覺寺

作品のなかで、友松が美濃譲り状をめぐり、日饒上人と対峙するシーンや、信長の宿舎として登場。この頃は、二条衣棚にあった。永和四年（一三七八）に信徒で富商の小野妙覚の外護により、四条大宮にあった小野邸を寺に改めたのが始まり。狩野元信、永徳など、狩野一族の墓がある。大門（表門）は、安土・桃山時代建立の秀吉の聚楽第裏門を、江戸時代に移築したとされる、数少ない聚楽第遺構の一つ。

【住　所】京都市上京区下清蔵口町１３５
【交通案内】地下鉄　鞍馬口駅下車　徒歩約10分

海北友松が修行した禅寺

東福寺

友松が修行した寺で、作中に何度も登場する、臨済宗東福寺派大本山の寺院。鎌倉時代に摂政関白・藤原（九条）道家が九条家の菩提寺として、実に19年の年月を費やして完成させた。本堂と開山堂を結ぶ通天橋から眺める渓谷「洗玉澗」の眺めは絶景。紅葉の名所としても名高く、作中で、友松と恵瓊が出会う場でも描かれている。

【住　所】京都市東山区本町15－778
【交通案内】ＪＲ・京阪電車　東福寺駅下車　徒歩約10分

庭園と建築が見事に融合した離宮
桂離宮

八条宮初代智仁親王と二代智忠親王によって、17世紀中頃までに造園。別荘建築最高峰といわれ、日本の宮廷文化を伝える。敷地内には書院や茶屋が点在し、中書院の一の間、二の間、三の間にはそれぞれ、狩野探幽、尚信、安信による水墨画が描かれている。作中に登場する、友松が晩年に描いた「浜松図屏風」はここに飾られていたが、現在宮内庁三の丸尚蔵館（東京）に所蔵。

【住　所】京都市西京区桂御園
【交通案内】市バス　桂離宮前下車
徒歩約15分

海北友松の子・友雪の水墨襖絵が残る
妙心寺①麟祥院

妙心寺の北方に位置する塔頭。寛永十一年（一六三四）に徳川三代将軍家光が、乳母である春日局の菩提所とした。寺院内の御霊屋は、京都仙洞御所にあった釣殿を後水尾天皇より下賜されたもの。春日局によって、家光に推挙された友松の子・友雪が、当寺のために襖絵「雲龍図」や「西湖図」などを残している。小堀遠州作と伝わる春日局坐像とともに、特別公開時に鑑賞できる。

【住　所】京都市右京区花園妙心寺町49
【交通案内】ＪＲ　花園駅下車　徒歩約10分

名木・紅しだれ桜でも有名な妙心寺塔頭

妙心寺②退蔵院

妙心寺にある40あまりの塔頭のなかで、常時公開されている数少ない寺院の一つ。広大な敷地を有し、枯山水の名庭「元信の庭」は、狩野元信が自身の絵を立体的に表現しなおした遺作で、名勝・史跡指定を受けている。昭和の名園「余香苑」と併せて鑑賞したい。山水画の祖・如拙が描いた日本最古といわれる水墨画「瓢鮎図《ひょうねん》」（国宝　※常時、展示は模本）も見どころ。名木・紅しだれ桜も有名だ。

【住　所】京都市右京区花園妙心寺町35
【交通案内】ＪＲ 花園駅下車　徒歩約７分

妙心寺門前に店を構える精進料理店

阿じろ

妙心寺御用達として、昭和三十七年（一九六二）に創業。初代・妹尾吉隆氏は、妙心寺の台所で修行し、法要の際に精進料理を調製する料理方を務めていた。伝統の精進料理の基本「五味・五法・五色」を大切に、旬の食材と、上質の昆布やどんこ椎茸などを用いた深い風味のおだしで、多彩な会席風精進料理に仕上げる。お昼限定「縁高弁当」など。

【住　所】京都市右京区花園寺ノ前町28-3
【交通案内】ＪＲ 花園駅下車　徒歩約５分

狩野元信邸跡

狩野永徳も暮らした屋敷の跡地

狩野元信は、室町時代に幕府の御用絵師として活躍した狩野派の2代目。卓越した技術で、その後400年続く狩野派の基礎を固めた。友松は、東福寺で修行中に、元信を師と仰ぎ、小説のなかでもその様子が描かれている。元信が文明八年（一四七六）に生まれてから84歳で没するまで、住まいとしていた屋敷には、孫の永徳も居住。その跡地に、大正六年（一九一七）に石碑が残された。

【住　所】京都市上京区元誓願寺通
小川東入
【交通案内】地下鉄　今出川駅下車　徒歩約3分

真正極楽寺（真如堂）

海北友松の五輪塔の墓が残る

作中で友松が身を寄せ、斎藤利三（内蔵助）の首を奪還し葬った寺として登場。寺内には、その際の内蔵助の墓が残り、海北友松の墓もある。境内には、本堂（重文）や三重塔、総門、元三大師堂、鐘楼堂（4件とも府指定文化財）などが建ち並び、混雑していなければ40分かけて案内してもらえる。紅葉の名所としても有名。

【住　所】京都市左京区浄土寺真如町82
【交通案内】市バス　真如堂前
または錦林車庫前下車
徒歩約8分

京都社寺からの寄託品も多く保管

京都国立博物館

明治三十年（一八九七）に「帝国京都博物館」として開館して以来、文化財保護法に規定する有形文化財を収集し、寄託品と合わせ約14600件を収蔵・展示する。館のシンボル・煉瓦造りの建物は、明治時代の建築（重文）。敷地は、もとは後白河法皇の御所・法住寺殿の一部。桃山時代には、豊臣秀吉が創建した方広寺大仏殿の一部となった歴史がある。

【住　所】京都市東山区茶屋町527
【交通案内】京阪電車　七条駅下車
徒歩約7分

【第三章】

小堀遠州

『孤篷のひと』

小堀遠州（こぼり えんしゅう）

天正七年（一五七九）～正保四年（一六四七）。近江の国生まれ。名は政一、「遠州」の名は武家官位に由来する通称。江戸初期の大名茶人で、遠州流茶道の祖。千利休、古田織部と続く茶道を受け継ぎ、徳川将軍家の茶道指南役を務める。王朝文化の理念と茶道を結び、調和の美を目指した「綺麗さび」の茶道を創造。建築家や作庭家、書家としても才能を発揮。作事奉行として、桂離宮、二条城の建築・造園に携わる。代表的な庭園に大徳寺孤篷庵、南禅寺金地院などがある。

『孤篷のひと』
葉室 麟
角川文庫

【あらすじ】

安土・桃山、徳川と、戦乱の世から平和な時代へと移り変わるなか、足利将軍家や豊臣秀吉、徳川家康ら天下人が求めた茶の湯は、どんなものだったのか。千利休や古田織部らの茶人や、武将たちのやりとりを通じて、武士であり、また茶人・小堀遠州が見つけた〝生きる道〟を描く。

調和を重んじ自分なりの美意識を守る

～「天下を狙う茶」より「生き延びる茶」を～

『孤篷のひと』で各章を茶道具にした理由

小堀遠州《こぼりえんしゅう》は、安土・桃山時代から江戸時代にかけての大名（備中松山藩二代藩主、のちに近江小室藩初代藩主）である。しかし、むしろ遠州流茶道の祖として名高い。葉室さんが『孤篷《こほう》のひと』で描いたのも、茶人として生きた遠州の姿である。各章のタイトルには、茶道具の名称が連ねられている。

「茶道具には、基本的に銘があり、名付けられた謂れがあります。多くの場合、背景に何かしら物語が隠されています。遠州を主人公にした小説を書くことにしたとき、その物語を小説のストーリーと重ね合わせることで、二重構造的な世界観が生まれるのではないかと考えました。進め方としては、まず物語を書いていき、それに合うような茶道具は何かなかったかなと探して、形にしていきました」

遠州が、千利休《せんのりきゅう》とも古田織部《ふるたおりべ》とも異なる茶の湯へのこだわりを見せる最初の章では、遠州自らが炭焼き窯を作って焼いた『白炭《しろずみ》』を登場させ、石田三成を描く二番目の章では、肩が張った茶入れの壺『肩衝《かたつき》』に、三成の孤独な姿を重ね合わせた。

侘び茶の祖・村田珠光《じゅこう》が、その素晴らしさに感激して頭巾を投げ捨てたことから銘がついた『投頭巾《なげずきん》』、雑器でありながら利休が香炉として銘をつけたことで名器とされた『此世《このよ》』、光悦作の樂茶碗『雨雲《あまぐも》』、沢庵《たくあん》辞世の偈《げ》がしたためられた掛け軸『夢《ゆめ》』、利休が切腹を命ぜられて堺に向かうおり、見送りにきた古田織部に与えた茶杓『泪《なみだ》』、世にとどまっているのが虚しいというせつなさを歌った天目《てんもく》茶碗『埋火《うずみび》』、藤原定家の掛物で二首の和歌の上の句が書かれた『桜ちるの文《ふみ》』、孤篷庵《こほうあん》の茶室『忘筌《ぼうせん》』……。

全十章のエピソードは、葉室さんによってあてがわれた茶道具によって、味わい深い膨らみを添えるのである。

小堀遠州肖像画　／頼久寺蔵　岡田（冷泉）為恭 画。

人との出会いや会話が物語る〝人となり〟

物語は、各章とも六十八歳の遠州が、ときに客人と茶を喫しながら、過去に出会った人物たちに思いを馳せることで展開する。そのなかには、千利休、古田織部、石田三成、沢庵、後水尾上皇、本阿弥光悦、金地院崇伝《こんちいんすうでん》、伊達政宗……と、遠州が出会った、数々の歴史上の〝濃い〟人物が登場する。

「遠州は、個人として性格に破綻があるわけではなく、人格を表すすごいエピソードもありません。ですから、本人のエピソードのつながりで物語を描くよりも、遠州がどのような人物と出会い、どう対応したかで、遠州の人となりが描けるのではないかと思いました」

さまざまな人に向き合い、迷い、戸惑い、あるいは怯えることもありつつ、それでも前に進んでいく姿を描くことで、葉室さんは、写真のネガをポジに反転させるように、遠州を表現した。

天下一の茶人・千利休と、へうげもの・古田織部

千利休との運命の出会い

ふと、目を向けた利休の手もとに、見たこともない黒くて不恰好《ぶかっこう》な茶碗が置いてあるのに気づいた。

利休の求めに応じて樂家《らくけ》の長次郎が焼いた黒樂茶碗である。樂茶碗は、轆轤《ろくろ》を用いずに手びねりで作り、鉄や竹のへら、小刀で削って形をととのえた後、素焼きして、賀茂《かも》川の黒石を使った釉薬《ゆうやく》をかけて焼く。

(どうして、あんな茶碗を使うのだろう)

作介は首をひねった。ぼってりとして肉厚な樂茶碗が作介には美しく見えなかった。まして黒色は陰気で翳《かげ》りを帯びているようにさえ感じられる。

(中略)

(まるで、利休様のような茶碗だ)

作介は胸の中でつぶやいた。

(『孤篷のひと』　白炭)

作介《さくすけ》とは遠州の幼名である。遠州は、天正七年(一五七九)、近江国坂田郡小堀村に生まれた。七歳の頃、豊臣秀吉の弟、秀長の家臣だった父について大和郡山に赴き、小姓となって秀長に仕えていた。

十一歳になったある日、作介が茶座敷に茶釜を運んでくると、投げ頭巾を被った千利休が秀長に茶を点てていた。作介は、利休の黒樂茶碗を見たとき、異様なまでの重みに圧倒される。そんな作介に、利休が声をかける。

黒はあの世の色

「そなたは、先ほど、この茶碗を見て気に入らぬ様子であったが、叱らぬゆえ、思うたことを申してみよ」

作介は戸惑いつつも思い切って口を開いた。

「黒い茶碗は何とのう恐ろしく思われました」

「ほう、恐ろしいか」

利休は軽く首肯《しゅこう》してから、わずかにため息をもらして言い添えた。

「黒は言うならばあの世の色じゃ。ひとは死にたくないものゆえ、見たくはないし、見ずにすめばそれに越したことはなかろうが、生きているからには、いつか見ねばならぬ。ならば、日々、茶を飲むおりから、死生の覚悟を定めるべきであろうとわしは思う」


（『孤篷のひと』　白炭）

時代を超えて〝天下一の茶人〟と称された利休と遠州が、運命の出会いを果たした三年後。秀長は労咳を悪化させ、郡山城で息をひきとる。作介は、秀吉の甥・豊臣秀保に仕えることになる。

同年、千利休は大徳寺の山門を再建し、自身の木像を置いたことを咎められ、秀吉から堺の自宅に蟄居するように命ぜられる。秀吉は、利休が謝ってくるのを待っていたともいわれているが、利休は、秀吉に屈することを頑なに拒んだ。

天正十九年（一五九一）、怒った秀吉は利休に切腹を命じる。

利休は、動じることなく、見事に自刃して果てた。享年七十。

床框《とこがまち》に腰をかけ腹を深々と切り、さらに腸《はらわた》を引き出し、炉の自在鉤《じざいかぎ》にかけて壮絶な死を遂げたとも伝えられる。

郡山城で利休の凄まじい最期を聞いた作介が、思い浮かべたのは黒樂茶碗だった。

どこまでも沈み込むような黒色は作介に黄泉《よみ》の旅路を思わせた。

ひとが生きるとは、どこまでも続く暗夜の道をたどることではあるまいか。そう感じた作介は、黒楽茶碗が表す暗黒を恐ろしく思った。

（あれは無明長夜《むみょうじょうや》の闇の色なのだ）

作介は目を閉じた。
千利休の面影が作介の脳裏から消えることはなかった。　（『孤篷のひと』白炭）

強烈な個性を放つ師「へうげもの」織部

利休亡きあとの茶を学ぶべく、遠州は、利休七哲の一人、古田織部に師事していた。利休をこよなく崇敬していた織部は、利休の後継者として茶の湯の世界で活躍したが、歪んだ茶碗を用いたり、わざわざ茶碗を割り、破片をまた金で継いで使うなど、その世界観は、利休とはまったく異なる強烈な個性を放っていた。

一時は、その個性がもてはやされ、「へうげもの（ひょうきん者）」として一世を風靡した織部だったが、時代が、戦国の世から徳川が治める天下泰平の世へと移り変わろうとするに従い、織部ブームは陰りを見せ始める。

時代の流れに柔軟に対応した茶

「遠州にとって、利休は一度会っただけの単なるレジェンドでしかなく、光り輝く存在は、やはり織部だったと思います。ただ、織部の強烈さに対する疑問がないわけではなかったろうと思います。世のなかは、戦国の激しい時代から江戸時代へと移り、次第に落ち着こうとしていました。それまで華やかですごく良いと思っていた価値観も変わってきたのです。たとえていうなら、毎日ロックを聴いているわけにはいかない、クラシックを聴きたくなってきた……という感じだったのかもしれません。尖って、世のなかを何とかしてやろうとか、人にはない個性を露わにすべきだという時代が終わった。『戦争ばかりやっていてよいのか？　落ち着いて家族と暮らすような日々を大切にしてよいのではないか？』という価値観へと変わっていった。
そんななかで、織部ブームは去り、一つの穏やかな境地としての茶、心を落ち着かせるものとして、遠州の存在があったのではないかと思います」

利休と同じく自刃した織部

織部は、光り輝くようなおのれの才が受け入れられぬ世が訪れつつあることに、失意を覚えていた。

――織部は自嘲《じちょう》するように、ははっと力なく笑いながら、手にしていた茶碗を持ち上げて、板敷に叩きつけた。

茶碗は鋭い音を立てて割れ、破片が飛び散った。

「お師匠様――」

遠州は息を呑んだ。織部は茶碗の破片をゆっくりと拾い集める。

「つまらぬ茶碗だが、金で継げば新たな風合いが見えるであろう」

織部はこのころ、割れた茶碗を金で継いで楽しむことが多くなっていた。

織部が〈十文字〉の銘をつけた井戸茶碗がある。

もともとは大振りな茶碗だったが、織部はこれを割り、ひとまわり小振りにして漆《うるし》で継いだ。茶碗にはっきりと十文字の継いだ跡が見えるため、銘にしたのである。

遠州は織部のこのような嗜好《しこう》に不安を覚えることがあった。

(形あるものをわざわざ壊すとは、神仏を恐れぬ所業ではあるまいか)

そう危惧《きぐ》していただけに、目の前で茶碗を割られると、織部が胸中にただならぬものを抱いているのではあるまいか、と気にかかった。

かつて利休が好んだ黒楽茶碗の傲然《ごうぜん》とした様が脳裏に浮かんできた。織部もまた、茶人としてのおのれを貫くために、天下人に抗《あらが》おうとしているのではないだろうか。


(『孤篷のひと』 投頭巾)

遠州の不安は的中し、江戸幕府の意向を無視することが多かった織部は、大坂夏の陣の際、豊臣家と内通した嫌疑をかけられ切腹を命ぜられる。利休と同じく、織部もまた、一切の申し開きを行わず、自刃する。享年七十二だった。

遠州は、織部を救えなかったことを悔やみ、最後の別れとなった日に思いを馳せる。

大坂の陣のおり、織部が茶碗を割って見せたのは、遠州が自分の後継者であるかどうかを試すつもりだったのではないか。

ところが、遠州には、織部が金継ぎをしてでも求めようとする茶碗の美しさがわからなかった。織部の茶と、遠いところにいるのが遠州だった。

(織部様は、よくない茶碗は割ってもよくはならないと言われた。あれはわたしのことだったのか)

遠州の胸に虚《むな》しさが湧いてきた。天下を安寧たらしめる茶とはどのようなものなのか。

遠州にはまだわからなかった。

（『孤篷のひと』 投頭巾）

「綺麗さび」とバランス感覚

今の時代に求められるキャラクター

「時代によって、求められるキャラクターは変わるんですよね。すごい二枚目で善人が良いと思われる時代と、悪役で個性豊かなのがウケる時代と。でも、何がウケるかというのは、その時代に生きている本人たちにはよく分からないことですよね。時代が確実に変わっていくなかで、最大限に努力をし、真面目にやることによって、遠州は時代に沿ったのだと思います」

千利休《せんのりきゅう》の茶室として高名なのは、山城国大山崎《やましろおおやまざき》にある妙喜庵《みょうきあん》の待庵《たいあん》である。利休が工夫したわずか二畳の茶室は、〈藁《わら》すさ〉も露《あら》わに荒々しく土壁を塗り回し、さらに床《とこ》も木目を出さずに塗り上げた〈室床《むろどこ》〉である。下地窓《したじまど》とにじり口の上に設けられた連子窓《れんじまど》からわずかに光が入るが、茶室の隅は陰翳《いんえい》に沈んで、あたかも人里から遠い辺鄙《へんぴ》な山里の杣《そま》小屋に入り込んだかのような気がする。地位や名誉を捨て、ただのひととなる厳しさと、すべてを放下《ほうげ》するやすらぎがある茶室だった。

これに比べ、遠州が手掛けた京、大徳寺龍光院《だいとくじりゅうこういん》の密庵《みったん》は床、棚、付け書院を備えた四畳半の茶室だ。にじり口は無く、腰高障子《こしだかしょうじ》が立てられ、やわらかな光が茶室に届く。

利休の待庵には、この世から脱《ぬ》け出る趣があるが、遠州の密庵には、この世の光のもとに留《とど》まるところがあった。

（『孤篷のひと』投頭巾）

余分なものを徹底的に削ぎ落とした暗い茶室で、黒い樂茶碗を用いることで、客人と深く濃い交わりを求めた利休、大きく歪んだ茶碗で自身の感性を表現しようとした織部。一方、遠州は、均整のとれた白い茶碗を好み、茶室は、窓が多く、柔らかに光が届く明るい空間だった。

遠州は、従来の「侘び・さび」の世界に、明るさや分かりやすさを加え、誰もが安らげる「綺麗さび」の世界を確立する。

「利休、織部という強い個性のあとを受け、遠州は、素直な自分を展開したのでしょう。そういうことができたのは、それなりの美意識の強靭さがあったからだと思います。普通は、美意識が強靭だと、支配的になるものです。『私の美意識に、皆、従わないのか』『従わないおまえは、何だ？』と。たとえば織部は流行をつくっていく人なので、『ついて来ない者は時代遅れだ』となる。それに対して遠州は、美意識を提示するけれども、それに合わせてくる人もあり、合わせない人もいてよい、というスタンスだったのだと思います。そういう抑圧的ではない遠州に、人は一息つけたのではないでしょうか」

〝おとなしい茶〟に対し、〝自己主張のある庭〟

遠州が二十六歳のとき、作事奉行だった父が急死した。遠州は、父の仕事を継ぎ、さまざまな作事にかかわるようになる。なかでも、三十歳で任された駿府《すんぷ》城の作事は、徳川家康に大いに気に入られ、「従五位下遠江守《じゅごいげとおとうみのかみ》」を朝廷から授けられる。この「遠江守」こそが、遠州の名前の由来である。造園でも、桂離宮や二条城、金地院《こんちいん》などにかかわり、偉大な功績を残している。

「僕は、もともと茶人としてではなく、庭を造る遠州に興味がありました。日本の伝統文化に詳しい作家・立原正秋《たちはらまさあき》（註5）氏の『日本の庭』を読み、庭を造ることは、自分の思想を表現することだと思ったのです。そこで、小堀遠州について書きたくなった。単なる茶人だけだとしたら、小説を書いてない可能性があります。しかし、庭を表現するときは自己主張がある。その自己主張と、時代に即したものをつくっていこうとする感覚とのバランスが遠州にはあり、そこがおもしろいと思いました。

たとえば、八条宮智仁親王が建てた、のちに桂離宮と呼ばれた別荘です。これは、〝引いた〟静けさがある一方で、自己主張が感じられます。この時代の自己主張とは、こうしたかたちではないかと思いました。徳川幕府という大きな権力に、『自分はこうだ』と言うと殺されます。だからちょっと後ろに下がる。それでいてなお、自分を失っていない。決して、権力に合わせるのではなく、自分の感覚、意識は守る。そういう自己主張があったように思えます」

利休、織部、遠州、今の時代に必要なのは？

利休、織部、遠州……。今、私たちが暮らす時代に必要なのは誰であろうか？

「今は、遠州みたいな落ち着きが、だんだんなくなっている時代ですよね。利休ほどのカリスマもちょっと鬱陶しく感じる。〝ウケる〟ということが、もてはやされていることから考えれば、織部の時代なんでしょうね。特に八十年代は、織部のような、一つの華やかさ、派手さがもてはやされていたと思います。

ただ、これから先はどうなのかといわれると、正直、僕にはよく分かりません。次の時代をつくらなければいけないという意味では、新たな利休というものが求められるのかもしれないですね。かつての、僕らが知っている利休ではなくて、新たな価値観なり何かを持って世のなかに対する人が、特に日本の場合は必要かなと思います。今の日本は、価値観を喪失しているとでもいうのでしょうか。自分たち自身を見失っている時代だと思うんです。今、『日本はこうだ』と言い切れる人は少ないと思うんですね」

註5：小説家・随筆家・詩人・編集者。大正十五年（一九二六）、朝鮮慶尚北道安東郡生まれ。「白い罌粟《けし》」で直木賞を受賞。凜とした精神性と日本的美意識に裏打ちされた多くの作品を生み、虚無や美を主題とした。代表作は『冬の旅』『残りの雪』『冬のかたみに』など。昭和五十五年（一九八〇）、食道癌により死去。

遠州をとおして生き方を考える

～生きている喜びを味わい、同時に死を前提にする茶～

軍事力や権力より、文化の力を信じたい

元和四年（一六一八）、二代将軍徳川秀忠の娘・和子《まさこ》が、後水尾天皇の女御として入内することが決まり、遠州は、その普請《ふしん》奉行に任ぜられる。和子が男子を産み、その子が天皇となれば、徳川は外戚となる。そうなれば、朝廷を思い通りに動かすことができ、徳川の天下は揺るぎないものになる。遠州は、義父である藤堂高虎《とうどうたかとら》に、「和子様の入内はいわば幕府から朝廷へ仕掛けた戦。禁裏《きんり》のしきたりや公家の思惑に気を遣わず、やりたいようにやればいい」といわれるが抵抗する。

「さて、それはいかがでございましょうか。帝は古《いにしえ》より、この国を治めておいで

になりました。徳川家は帝を敬い、信を得てこそ天下を静謐《せいひつ》にできるのではありますまいか」

（『孤篷のひと』 此世）

迎えた和子入内の日、庭を眺めるほどに、懐かしい気持ちに包まれた和子は、遠州に「どのような思いを持って、この屋敷を造りましたか」と尋ねる。


「茶の心でございます」

「茶の心とは？」

和子は首をかしげつつ問うた。

「われも生き、かれも生き、ともにいのちをいつくしみ、生きようとする心でございます」

遠州はきっぱりと答えた。

「われも生き、かれも生き、とはおのれひとりだけが生きるということではないのですね」

「さようでございます。幕府も朝廷もまた然《しか》りでございます。ともに生きてこその栄えかと存じます」

「そのために、わたくしがはるばる参ったのですね」


（『孤篷のひと』 此世）

「東と西の対立、武と雅の対立は、当時も今もありますよね。九州出身の僕は、一応西国派に属します。だからでしょう、どうしても雅の方に加担するんです。やはり軍事力や権力ではなく、文化の力を信じたいと思う。だからこそ、文化の力を信じている人のことを書きたかった。遠州は、そういうものを分かっていた人ではなかろうかという気がするんです」

風雅にも気を配った二条城の改修

和子の女御御殿の普請を行ったあとも、遠州は、二条城への帝の行幸を前にして改修の惣奉行や仙洞御所の普請を手がけるが、将軍家の武力で朝廷を威圧するのではなく、朝廷に配慮し風雅にも気を配った。

諸大名が将軍に謁見する大広間の欄間《らんま》や飾り金具に気を遣い、狩野探幽《かのうたんゆう》ら名だたる絵師の襖絵《ふすまえ》をふんだんに用いた。

二の丸御殿では、大広間や黒書院、白書院を雁行《がんこう》形に並べた。さらに御殿の大広間と行幸御殿のいずれからでも眺められるように池水を造り、鶴《つる》島、亀《かめ》島、蓬《ほう》萊島《らい》を配して南向きに石を組んだ。また、池の中に御亭《おちん》を建てて帝と将軍の対面の場とする凝りようだった。

遠州はさらに、寛永三年には後水尾《ごみずのお》天皇が譲位後に居所とされる仙洞《せんとう》御所の普請も行った。幕府の専横に不満を隠さず、度々、軋轢《あつれき》が生じていた後水尾天皇をなだめるため、遠州は作庭にことのほか心配りをした。

仙洞御所の東北部に造られた庭はほとんどが池で、築山《つきやま》のある大きな中島が置かれた。池に突き出た出島の汀《みぎわ》には自然石と切石を積んで護岸が組まれ、御茶屋が造られた。

御茶屋には上段と中段の二室があり、庭を眺めるための櫛形窓《くしがたまど》（火灯《かとう》窓）が開けられ、上段の部屋には床《とこ》と、違い棚が設《しつら》えられた。

この御茶屋で開かれた口切《くちきり》の茶会に招かれた鹿苑寺《ろくおんじ》の住職、鳳林承章《ほうりんじょうしょう》は造作《ぞうさく》や庭の見事なことに目を瞠《みは》って、日記に、

――御書院・御茶屋方々御飾り、凡《およ》そ眼を驚かす者也

と記した。

（『孤篷のひと』　葉室麟）

文化を次の時代へ繋ぐ輪

「遠州は、徳川家に仕えた官僚で、今でいえば地方自治の担当部長みたいな感じでしょうか。それと同時に、京と江戸を結びつける文化担当大臣としての役割も大きかったのだろうと思います。幕府から、朝廷との関係をうまく進めるように求められていたはずです。朝廷というのは美的感覚や教養を求めてきますから、それにどれだけ応えられるのか。遠州の理解度が、朝廷にとっては徳川の理解度だと判断された部分があったと思います。遠州でなければダメだ、というポジションを築いていったのでしょう。

官僚ですから、なかなか自分の思い通りにはいかなかっただろうと思いますが、そんななかで、自分で茶を点てられることは救いだったのかもしれません。けれど、遠州にとってお茶は、官僚という仕事から逃げるためのものでもなかったと思います。利休が切腹し、続いて織部も逝きました。彼らが確立したお茶の文化も、やはり、繋ぐ輪がなければ、次の時代に引き継がれません。遠州は、その繋ぐ輪になったのではないかと思うのです。そのために、利休や織部とは違う、新時代の美意識を遠州は確立していったのだと思います」

遠州の人生観

生き延びる意志を持つ

「さて、ひとがこの世にて何をなすべきかと問われれば、まず、生きることだとお答えいたします。茶を点てた相手に、生きておのれのなすべきことを全《まっと》うしてもらいたいと願い、それがかなうのであれば、わたしも生きてあることを喜ぶことができる。さような思いでおります」

遠州は考えながら答えた。琴はそんな遠州をじっと見つめる。

「ひとが生きるということは、自分らしく生きられてこそだと存じますが、いかがでしょうか。おのれらしく生きられないのなら、生きてもしかたがないと思います」

琴の声には暗い響きがあった。このひとはいまだに無明長夜《むみょうじょうや》の闇にいるのだ、と思った遠州は膝を正して琴に向かい合った。

「おのれらしく生きるとはさように狭苦しいものでしょうか。いかなることに出遭おうとも、自らの思いがかなわずとも、生きている限りは自分らしく生きているのではないかとわたしは思います。自らを自分らしくあらしめるということを、いかに捨てようと思っても、捨てることはできないのではありますまいか」

（『孤篷のひと』泪）

「利休も織部もある種、天下を狙うお茶でした。自分が天下をつくるのだという主張があったのです。しかし、遠州は徳川の天下のなかで場所を得て生きていかなければなりません。遠州のことを、普通に官僚になって平々凡々と生き延びた人物に過ぎないという批判があります。また、通俗的で、体制順応型だという見方をする人もいます。

しかし、僕はそうしたことよりも、遠州が生き延びたことを評価したい。生き延びる意志を持って生き、自分なりの美意識をきちんと守っていたなら、それで良いではないかと思うのです。みんなが利休や織部のように戦って死ななければいけないとしたら、社会は続きません。

調和するための美意識を守るということは、自分自身を守ることでもあるのです。遠州は、美意識を守ってきたからこそ、生き延びてきた。〝守る〟とか〝生き延びる〟というと、さほどカッコ良くないように見えるかもしれません。あるいは、カッコ悪いことかもしれない。でも、カッコ悪かろうが何だろうが、自分の美意識をしっかり持って生き延びていくということ――それは十分、良いことだと思うのです」

生きていることを味わう茶

「血の水でございますか」

眉《まゆ》をひそめる栄に遠州はうなずいた。政宗はある茶会で遠州と同席したおり、

「われらは戦場を馳駆《ちく》してきたが、戦が長引いてのどが渇いたときに瓢箪の水などとうに飲み干してしまい、難渋することがあった。そんなおり、わしらは戦場の川や池、水たまりの水を飲む。傍らには味方や敵方の兵たちの死骸《しがい》がごろごろしておって、水は血で赤く染まっておる。それでも飲むしかないのだ」

と話した。政宗の言葉を遠州は息を呑《の》んで聞いた。政宗はなおも言葉を継いだ。

「それゆえ、茶の色を見るとほっとする。飲んでみて、血の味がせぬのが、何とも嬉《うれ》しい。それが、わしの茶だ」

遠州は政宗の言葉を思い出しながら言った。

「わたしは伊達様のお話をうかがううちに茶とは何かがわかってきた気がする。

この世の見栄《みえ》や体裁、利欲の念を離れて、生きていることをただありがたしと思うのが茶だ。それゆえ、わたしはいささかも血が滲《にじ》まぬ白の茶碗を使ってきた」
（『孤篷のひと』 桜ちるの文）

「遠州が目指したように、お茶は生きている喜びを味わうものですが、その一方で、死を前提にしているとも思うのです。一期一会を楽しみ、しっかり味わう。だから美しいのでしょう。そう考えると、結局生きていることは美しい――ということになります。茶をしっかり味わえるなら、自分が生きていく日々も大切にできるはずです。さらには自分自身も大事にできるのではないでしょうか。

この点では、利休も織部も同じだったと思います。ただ二人の場合は、生も死も濃厚すぎるのです。濃厚すぎるだけに、生が一層際立つのでしょう。しかし、そこまで行かずとも、生きていくことの大事さは、お茶を飲む一瞬一瞬で味わえます。そして一瞬が終わったとき、すなわち人が死を迎えるとき、世界はそこで終わるのです。一瞬をしっかり味わうことは、実は生をかみしめることにもなるのだと思います」

死があるからこその生

「ちょっと、いいかな」と自分を思える瞬間

「僕自身に関していえば、『生きていて良かったな』と強く感じる経験はあまりありませんし（笑）、〝生〟というものをどこで確かめるのかもよく分かりません。ただ、仕事をしていて、それなりの達成感を持つことはあります。

物事や歴史を考えているとき、僕は自分自身と対話をしているのだと思います。それが正しいのかなとか、これでいいのかなとか。そのなかで、『意味があるかも……』と、自分で思える瞬間があります。そういうとき、自分にはやるべきことがあるのだという感じがして、自分のことを『ちょっと、いいかな』と思えることがあります。

こんな風に、自分自身との対話をいつもしています。日常的にずっと考えていて、考えた結果を書いている。じゃあ、考えていて楽しいのかというと、楽しいかどうかは分かりません（笑）。でも、何かに近づけているとは思っています。僕は、実は

書くときが一番面倒くさくて、一番しんどい。コーヒーを飲んで、音楽を聴きながら、本を読んで、ずっと考え続けていられたら……。それが一番幸せです（笑）。でも、そういうわけにはいきません。書くという作業は、どこか身を削がれるようなところがあって、なかなかしんどいです。しかし、それをしないことには生きていけませんし、ある程度は業を背負っているようにも思います。

小説を書くことは、畑で何かを育てることに似ています。大きく育てばいい。でも、気候が悪くてダメになることもあれば、せっかく育てたのに、市場に多く出回っていて価値が全然つかないこともある。その辺は運、不運に左右されるものです。少し博打に似ているところがありますよね」

穏やかに畳の上で死ぬことの尊さ

「『孤篷のひと』を書くにあたって、最初に考えたのは、利休や織部、いわゆる茶人といわれる人が、なぜ非業の死を遂げるのだろうということでした。本来なら、お茶というのはコミュニケーションであり、人生を楽しむものであり、人と和するものであるはずです。ではなぜ、対立のなかに生きていくことになるのだろうと。

遠州は、劇的な何かに遭遇したということはありません。利休や織部と大きく違うのはその辺ですよね。題材としてどちらが描きやすいかといえば、利休や織部です。遠州の人生について書いていっても、盛り上がる場所がない。

でも、見方を変えれば遠州も〝劇的に〟生きているんです。人はみな、そうではないでしょうか。本当は劇的なのに、とりあえず普通に生きている。そういうものの値打ちを描いてみたいと思いました。小説の世界では、どうしても悲劇に目が行きがちで、穏やかな畳の上での〝死〟というものに、案外価値を見出しません。けれど、そうした死も一つの達成です。ならば、きちんと評価しても良いのではないかと思ったのです」

「死もまた、良し」と思える人生

「昔と現代を比較すると、多分、命の重さに違いがあるのでしょう。現代は、一人ひとりの命が重いという感覚がありますけれど、昔は、比べると今より軽いものだったように思います。死に対してもう少し馴染みがあったり、親しみがあったり、自分たちの生の延長上にあると思っていたのではないでしょうか。人は、それなりに働いて、最期に成仏していきます。つまり、ある種の役割を果たして、何者かになっていく過程の果てが〝死〟だったと僕は思います。

現代は、〝死〟というものが疎外されて、自分たちから遠ざけられようとしています。若いということに価値を置いて、年をとるにしたがって価値はなくなり、その行く末である〝死〟は、無価値だという考え方をする人が増えているように思います。しかし、死ぬということは、生きてきたという証。だから、自分自身が『ちゃんと生きてきた』と言えるのであれば、『死もまた、良し』です。私くらいの年齢になると、フッとそう思うことがあります。『もう、このまま何もしないでいいのだ、すべての義務からも解放されるのだ』と考えるわけです」

「もう卒業です」は解放になる

「人は誰でも、『これをしなければ、あれをしなければ』と、せっつかれるようにして生きています。ですから、『もう何もしなくていいよ』と言われれば楽かもしれないな、と思うこともあるのです。ある程度生きてきて、これを何年もずっと繰り返しても、だいたい似たようなものだなとふと気づく。『もう卒業です』と言ってもらえれば、それは解放になる。そんな風に思う人も多いのではないでしょうか。『あれも良かった、これも良かった』で生きている人は少ないのです。みんないろいろな苦労や悩みを背負っています。そのなかで一所懸命やって、どこかで『もういいですよ、お疲れさまでした』と言ってもらえるわけだから、それで良いのではないでしょうか」

「まことにお疲れでございました」

栄がいたわるように声をかけると、遠州は微笑した。

「わたしは多くのひとに出会って学び、自らの茶を全《まっと》うすることができた。これ以上の喜びはあるまい。いまとなってみれば、何の悔いもない。茶は点てたいと思う相手があってこそ茶なのじゃ」

（中略）

「わたしは、川を進む一艘《そう》の篷舟《とまぶね》であったと思う。さほど目立ちもせず、きらびやかでもないが、慎み深いさまはわたしの性にあっていた。されど、孤舟《こしゅう》ではなかったぞ――」

（中略）

「ひとはひとりでは生きられぬ」

遠くで鳥の囀《さえず》りがしていた。

正保四年二月六日、遠州は逝去した。享年六十九。辞世は、

きのふといひけふとくらしてなすこともなき身のゆめのさむるあけぼの

（『孤篷のひと』忘筌）

である。遺骸《いがい》は京、大徳寺の孤篷庵に葬られた。

「川を進む一艘の篷舟」、それが遠州の号でもあった「孤篷《こほう》」だが、それになぞらえた遠州の人生は、さほどきらびやかに目立ちもせず、慎み深いものだった。ただただ〝相手があってこその茶〟を点て続けた。

「ひとはひとりでは生きられぬ」――。

それが遠州の人生の結語であり、おそらく葉室麟さんの人生の結びの言葉でもあったのかもしれない。

『孤篷のひと』に関連する場所

千利休自刃の所以となった由緒ある寺
大徳寺①

『雨雲』の章で登場する茶人・金森《かなもり》宗和《そうわ》が参禅した寺院。鎌倉時代末期の正和四年（一三一五）に大燈国師 宗《しゅう》峰妙超《ほうみょうちょう》が開創。室町時代には応仁の乱で荒廃したが、一休和尚が復興した。山門の二階部分は、千利休によって増築されたが、その際利休の像を安置したことで秀吉の怒りをかい自刃の原因となった話で有名。境内の散策は自由だが、方丈や寺宝は特別公開のみ。

【住　所】京都市北区紫野大徳寺町53
【交通案内】市バス　大徳寺前下車　徒歩すぐ

遠州が晩年を過ごし葬られた菩提寺
大徳寺②「孤篷庵」

大徳寺境内の最も西にある塔頭。慶長十七年（一六一二）に遠州が同じ大徳寺塔頭の龍光院内に庵を結び、のちに現地に移転し、最晩年の2年ほど暮らしていた。寛政五年（一七九三）に焼失したが、遠州を尊敬する松平《まつだいら》不昧《ふまい》が再興し、現在に至る。本堂、書院、茶室「忘筌《ぼうせん》」が重文。遠州の故郷である近江八景を表した庭園は名勝・史跡に指定。通常は非公開だが、数年に一度一般公開されることも。

【住　所】京都市北区紫野大徳寺町66
【交通案内】市バス　船岡山下車　徒歩約5分

小堀遠州改修と伝わる特別名勝

二条城「二の丸庭園」

世界遺産であり、甲子園7個分もの敷地を有する二条城は、慶長八年（一六〇三）、徳川家康が、京都御所の守護と上洛時の宿泊所として造営。国宝の二の丸御殿は、家康の創建後、後水尾天皇の行幸に伴い大規模に改修され、武家風書院造りの建物が6棟建ち並ぶ。二の丸庭園は、築城当初あったものを、家光の時代に遠州のもと改修された。豪壮な石組が見事。

【住　所】京都市中京区二条通堀川西入二条城町541
【交通案内】地下鉄　二条城前駅下車　徒歩すぐ

遠州作庭による雄大な回遊式庭園が残る

京都仙洞御所

江戸時代の初めに退位した後水尾上皇の御所として建立。建物は焼失しており、遠州が手がけたと伝わる庭園のみが残る。北池と南池を巡りながら、四季折々の風景が楽しめる雄大なスケールの回遊式庭園で、往時の悠然とした宮廷の姿が感じられる。北側には、東福門院和子の御所として建てられた大宮御所が隣接する。

【住　所】京都市上京区京都御苑内
【交通案内】地下鉄　丸太町駅下車　徒歩約15分

唯一現存する千利休の茶室

妙喜庵「待庵」

妙喜庵は、室町時代創建の臨済宗東福寺派の末寺。全国に三棟ある国宝の茶室のうちの一つが「待庵」。日本最古の茶室建造物で、確かに千利休作と伝わるなかでは唯一現存しているもの。書院（重文）の南側に接し、にじり口が設けられた二畳隅炉《すみろ》、屋根は切妻造り、こけら葺きで、数寄屋造りの原型。天王山の合戦中や戦後、利休が妙喜庵三世・功叔《こうしゆく》和尚とともに秀吉を招き、労をねぎらったとされる。拝観には要事前申し込み。

【住　所】京都府乙訓郡大山崎町竜光56
【交通案内】ＪＲ山崎駅下車　徒歩すぐ

遠州が手がけたと記録が唯一残る

南禅寺①金地院「方丈前庭」

金地院は、応永年間（一三九四～一四二八）に北山に創建の寺を、徳川家康の政治顧問・以心崇伝が移築した、南禅寺の塔頭。方丈前庭は、伏見城から移建した方丈前に広がる枯山水の庭。江戸時代を代表する名庭で、特別名勝に指定されており、遠州が手がけた詳細な記録が残ることでも貴重。大海を表す白砂の奥に鶴と亀に見立てた石組がそれぞれ組まれ、「鶴亀の庭」とも呼ばれる。

【住　所】京都市左京区南禅寺福地町86-12
【交通案内】地下鉄　蹴上駅下車　徒歩約５分

重要文化財指定の遠州好みの茶室

南禅寺②
金地院「八窓席」

金地院に設けられた茶室で、京都三名席の一つ。方丈庭園造園の際に、遠州が既存の建物を改造し、寛永五年（一六二八）頃までに完成させた。三畳台目の茶室で、床と点前座が横並びに配置されている他、通常端に寄せられるにじり口が、壁の途中に設けられ、縁から入るようになっているのが特徴的。窓が多いのも遠州好みだが、現在は八窓ではなく六つ。

【住　所】京都市左京区南禅寺福地町86-12
【交通案内】地下鉄　蹴上駅下車　徒歩約5分

南禅寺境内を通るアートな水路

南禅寺③「水路閣」

葉室さんがよく訪れた南禅寺境内にある水道橋。明治十八年（一八八五）～同二十三年（一八九〇）、琵琶湖と京都を繋ぐ疎水の建設が行われた。水路が南禅寺の境内を通ることから、周辺の景観と調和するよう配慮してデザイン・設計。全長93・2メートル。赤レンガと花崗岩によるアーチを思わせる建造物が、歴史ある南禅寺の建築群や東山の風景と馴染んで、美しい風情を醸し出している。平成八年（一九九六）、国の史跡に指定。

【住　所】京都市左京区南禅寺福地町
【交通案内】地下鉄　蹴上駅下車　徒歩約10分

北山文化を内外に伝える世界文化遺産

金閣寺（鹿苑寺）

相国寺の塔頭寺院の一つ。『埋火』の章では、鳳林和尚が住持を務めている。室町幕府三代将軍の足利義満が、鎌倉時代の公卿である西園寺公経《きんつね》の別荘を譲り受けて山荘北山殿を造ったのが始まりとされる。舎利殿の金閣が特に有名なため、一般には金閣寺と称される。極楽浄土を表したという池泉回遊式庭園は、特別名勝・特別史跡に指定されており、境内の鏡湖池に映る「逆さ金閣」が美しい。

【住　所】京都市北区金閣寺町1
【交通案内】市バス　金閣寺道下車　徒歩約5分

遠州の師・古田織部ゆかりの品々を紹介

古田織部美術館

千利休の弟子で、利休亡き後、天下一と称された武将茶人・古田織部。「へうげもの」と呼ばれ、個性的な茶陶を用い、「織部好み」と一世を風靡した。織部の武家茶の湯は遠州が受け継ぎ、同じく弟子の本阿弥光悦にも芸術の目を開花させた。当館は、織部の400回忌に合わせて開設。常設は行わず、年2回の企画展で、織部ゆかりの品々を紹介する。

【住　所】京都市北区上賀茂
桜井町107-2　B1階
【交通案内】地下鉄　北山駅下車
徒歩約3分

蘇った日本一窓の多い茶室

擁翠亭

寛永年間（一六二四〜一六四四）に、遠州が設計・建築した茶室で、京の金工・後藤覚乗《かくじょう》の屋敷にあったもの。後に洛西の寺院に移築されたが、明治時代に廃寺となり解体。その際、保管された部材と図面をもとに、140年ぶりに鷹峯の「太閤山荘」一角に復元。13カ所も窓を取り入れた開放的な造りは、遠州の「綺麗さび」が体現されている。

【住　所】京都市北区大宮釈迦谷10-37
【交通案内】市バス　釈迦谷口下車　徒歩約8分

北村美術館

古美術・茶道具を中心に所蔵する京都府の登録博物館。実業家であり、傑出した茶人であった北村謹次郎のコレクションを保存するために、昭和五十年（一九七五）に財団法人北村文華財団を設立、2年後に当館を開館。コレクションは多岐にわたり、重要文化財34点、重要美術品9点を含め1000点近くにも及ぶ。春季・秋季のみ開館し、折々のテーマに応じて公開される。

【住　所】京都市上京区河原町今出川南一筋目東入梶井町448
【交通案内】京阪電車　出町柳駅下車　徒歩約7分

樂美術館

利休も好んだ樂茶碗を所蔵・公開

桃山時代、樂家初代長次郎によって始められ、450年もの間代々受け継がれてきた樂焼窯元・樂家に隣接する美術館。昭和五十二年（一九七七）に、樂家十四代覚入《かくにゅう》によって開かれた。樂家歴代作品を中心に、茶道工芸美術品や、関係古文書など、樂家に伝わってきた1300点を超える所蔵品のなかから、定期的に企画展を開催する他、作品を手に取って鑑賞できる特別企画も定期的に実施。

【住　所】京都市上京区油小路通一条下る
【交通案内】地下鉄　今出川駅下車　徒歩約13分

コラム　葉室さん文化考

江戸時代の人にとってお茶とは何だったのか？

当時、お茶は流行の先端だった

『孤篷のひと』のなかに、遠州がお茶の席で、菓子のかわりに葡萄酒を出すシーンがあります。おそらく九州あたりでは実際にあったのではないかと思うのです。南蛮と近いので、葡萄酒は珍しいものではなかったと思いますから。利休がキリシタンだったという説には同意しませんが、お茶は、いろいろな文化の集合ですから、南蛮趣味が入っていてもおかしくはありません。

茶道は、クラシックなものと思いがちですが、当時は流行の先端だったと思います。お茶自体、中国、しかも禅宗から来ていますから。そう考えると、利休たちがお茶に熱心に取り組んだ理由も見えてきます。利休たち商人にとって、中国貿易を進めるための接待の一つかお茶だったのです。実際、お茶で接待することがあったかどうかは分かりませんが、少なくともそういった素養を持っている必要はあったでしょう。現に堺の商人たちはみな、利休のようにお茶や禅をやっていますし、南蛮貿易が盛んになると、キリシタンになる人も出てくる。そういう意味で、お茶は国際的。お茶の理解度が高い人は、国際感覚が豊かだと思われたのではないでしょうか」

お茶は文化であり、また政治でもあった

「今でいえば、音楽であれ何であれ、外国から来るものを理解しているぞということが、その人のステータスになるのと同じです。一方、文化的に遅れた地域の人は、なかなかお茶と接することができません。そういう意味で、文化の中心地である京都の洗練度は圧倒的でした。ほかの地域はそれをいかに受け入れていくかということだけで精いっぱい。受け入れることができれば、それは洗練度が増したということになったのだと思います。

ですから、当時は、文化がある種の政治のようになっていたと思います。文化に対する知識が深いことが世のなかを理解していることになるし、共通言語にもなるので、いろいろな相手との対話もできる。茶室は、人を招いて対話する場所ですから、持っている人は、ある種の外交的なことができるということだったと思います」

武家の間でお茶が広まったのは？

「武家がお茶を始めだしたのは、豊臣家が滅びて新しい時代を迎え、社会の支配層が武士になったことが大きいのではないでしょうか。秀吉はご存知のように、もともと農民の出で武人ではない。それに比べ、徳川家は三河国の土豪の出です。徳川家康が征夷大将軍として始めた政権は、昔の武家の流れを引き継いでいることをアピールしたという意味で復古政権です。そうなると、武人としての支配階層にとっての茶があるべきだ……となってきます。京都で支配権を握った足利とは違う、ちょっと坂東好みの茶になって当然です。

たとえば、遠州流の家元に遺っている衝立には、矢羽を扱ったものが工夫されています。恐らく武士であるという雰囲気を、こうやって少しずつ出していったのでしょう。それで、大名たちが自尊心をくすぐられるところもあったと思います。お茶の席に、武家的な匂いがあれば、茶を喫しながら『あの戦のときはなあ……』という話もできるわけです。江戸時代に入り、こうした工夫をすることによって、お茶が受け入れられたという面が多少あったのではないかと思います。

もっとも江戸以前の安土・桃山時代も、大名たちはお茶を嗜んでいましたが、ある種、外交的な場でのことでした。江戸という安定した時代を迎えたことで、外交的な茶から、武家にとって個人の茶へと変わっていったのだと思います」

手弱女振りな日本文化と天皇制

フェミニンなところが必ずある日本文化

「僕は、焼きもののことはよく分からないのですが、たとえば志野焼のような、少し優しげだったり、きれいだったり、柔らかであったりといった、いわゆるフェミニンなものに惹かれる傾向にあります。

日本の文化には、フェミニン、手弱女《たおやめ》振りなところが必ずある。小説などの文芸も、手弱女振りです。益荒男《ますらお》的な男の主張で成り立つ小説は少ないと思います。

日本は、天皇も女帝が多かった。特に奈良時代は女帝の世紀といわれるぐらいでした。天皇の出発地点が七世紀後半の天武天皇だとすれば、そのすぐあとに女帝が登場します。天武天皇の皇后だった持統天皇で、実際に治世を遂行しています」

独自の視点を持つことを考える

「詩人・民俗学者で、日本の『女性史学』の創設者でもある高群逸枝《たかむれいつえ》さんは、『日本の社会は男女双系制（註6）だ』と言っていますが、そのとおりで、本当に双系的な社会だと思います。たとえば、日本に宦官がいないのも、双系社会の表れといえるかもしれません。宦官を用いるというのは、ある種、女性を物として見るという考え方が関係しているからです。

一方、中国は男系主義です。今の日本の天皇が、男系でなければ認められないという主張があるのは、中国の思想からの影響を受けているからでしょう。『三国志』に代表される中国の物語はすべて帝王学。いかに天下を取るか、いかに権力者になるかという一点に集約されます。

日本は、鎌倉以降から地域分権国家でした。地域それぞれに大名がいて、みんなが対等とまではいわないまでも、中国のような極端な上下関係の社会とは少し違います。ある意味、それぞれの自立性がずっと保たれてきました。

明治になってからの知識人の知識体系は、西欧によるものです。だからでしょうか、私たちはつい西欧型で見ようとしてしまいます。しかし、独自の社会のなかで生きてきた私たちは、もっと独自の視点を持ってもいいのではないかと思うのです」

〝生き延びて〟きた天皇制

「明治以降、日本がよかったことがあるとしたら、〝生き延びた〟ことだと思います。ヨーロッパが世界を支配して、アジアを侵略する時代がありました。ある意味、ヨーロッパにとっては、それしか生き延びる術がなかったからとも考えられます。幕末から近代へのこの時期、日本はきちんと守るべきものは何なのか、海外に対抗するとは本当はどういうことなのかを考え、しっかりとした理想を持つことができていたらよかったのでしょうけれど……。

ただ、こうしたなかで不可思議なことに、日本では少なくとも天皇制は〝生き延びて〟いるのです。崩されたところもありますが、日本はこの一点は守ってきたのです。だから、私たちは、古代から現代に至るまで、歴史的に繋がっているという認識を持てるのではないでしょうか。

たとえば、先にも述べましたが、天皇家には七世紀に女帝・持統天皇が出てきます。そのプロデューサーは藤原不比等《ふじわらのふひと》あたりでしょう。それ以前の日本は、壬申の乱（註7）も含めて内乱状態でした。このとき、中大兄皇子《なかのおおえのおうじ》と大海人皇子《おおあまのおうじ》が本当の兄弟だったかどうかは分からない部分もあり、別の王朝が立っていたともいえます。これは中国と同じで、いわば革命王朝。天皇制というのは、こうした混乱や対立の構造を和らげるために作られた、という見方もできるわけです。

象徴天皇のような存在を作り、政治的な実権はその下の者がとる。その役割を、プロデュースした藤原氏が担うという構造ができたのではないでしょうか。この構造が日本を革命の起きない国にしたという説がありますが、実際そうだったのだろうと思います」

日本列島という一つの船の中で

「考えてみれば、革命というのは、わざわざ起こさなければいけないものではありません。政治権力の交代が必要なときに、うまく交代できれば、それでいいのです。そうしたなかで、象徴である天皇の存在は、自分たちの社会的同一性を担保するものだったのです。

内乱を起こして相手を駆逐しようと思っても、日本の場合、大陸のようにどこか遠くへ追い払うことができません。どこかで仲良くするしかないわけです。つまり、できることは島流し程度、そして、どこかへ飛ばしても、許して戻してやらなければならないことになります。

だからでしょう。決定的な撃退行為をしないというのが、日本国内における争いごとの特徴です。歴史をみれば、関ケ原の戦いでも、徳川側は、毛利、島津、上杉など敵対した大老級の大名をなぜか生かしています。徳川と戦った人たちなので、普通の論理からいえば、この人たちは絶対潰さないといけないはずです。ところが生かすのです。

やはり、日本人が日本列島という、一つの大きな船のような中にいたことが大きいのでしょうね。だから、こうしたことに即して象徴天皇という形が生まれてきたのだろうと思います」

註6：父系制、母系制のいずれでもなく、非単系の出自のたどり方をいう。
註7：天智天皇が崩御後、天武元年（六七二）に皇位継承をめぐり、皇族や豪族が二つの派に分かれて争った。

小説の主人公を中心とした人物年表

〜室町時代から江戸時代〜

17世紀	16世紀	
	安土・桃山時代（1573〜1603）	室町時代（1336〜1573）

織田信長（1534〜1582）

明智光秀（1528〜1582）

豊臣秀吉（1537〜1598）

石田三成（1560〜1600）

徳川家康（1542〜1616）

小堀遠州（1579〜1647）

千利休（1522〜1591）

古田織部（1544〜1615）

安国寺恵瓊（1539?〜1600）

本阿弥光悦（1558〜1637）

俵屋宗達（?〜1641）

海北友松（1533〜1615）

長谷川等伯（1539〜1610）

狩野永徳（1543〜1590）

狩野探幽（1602〜1674）

19世紀	18世紀	

江戸時代（1603～1868）

尾形光琳（1658～1716）

尾形乾山（1663～1743）

酒井抱一（1761～1828）

葉室作品をもっと楽しむ 京散歩マップ

桃山時代の御土居
(内側が洛中)
擁翠亭
光悦寺
大徳寺
金閣寺(鹿苑寺)
本法寺
妙光寺
法蔵禅寺
等持院・
立命館大学衣笠
キャンパス前
仁和寺
龍安寺
宇多野
北野白梅町
嵐電北野線
妙心寺
御室仁和寺
鳴滝
妙心寺
常盤
阿じろ
太秦
山陰本線(嵯峨野線)
二条城
花園
円町
撮影所前
帷子ノ辻
蚕ノ社
太秦広隆寺
太秦天神川
西大路御池
二条
二条城前
嵐電天神川
山ノ内
西大路三条
大宮
N
西院
四条大宮
W
E
S
阪急京都線
9
五条通
丹波口
西京極
梅小路京都西
1
桂離宮
東海道本線(JR京都線)
西大路
東寺
桂
東海道本線
(JR京都線)
阪急京都線
山崎
大山崎
妙喜庵
東海道新幹線
171
十条
近鉄京都線

【第四章】

現代のことば

心に訊く

好きな言葉をあげるとしたら、江戸時代、幕府の学問所、昌平黌《しょうへいこう》を統括する当時の最高の知識人だった佐藤一斎が書き遺《のこ》した『言志四録』（言志録、言志後録、言志晩録、言志耋《てつ》録）にある、

——心は即《すなわ》ち能《よ》く物を是非して、而《しか》も又《また》自ら其《そ》の是非を知る

という語句だ。心はよく物事の善悪がわかる。それだけでなく、心は自らの善悪もわかる、というのだ。

心を澄ませば、世の中の物事の善悪が感得できるというのは、よくわかる。しかし、自らの善悪もまた、心がわかるというのはどういうことだろうか。

ひとは皆、自分のことを善人だと思い、自らの行為を正義だと信じている。しかし、そうではないかもしれない。気づかぬうちに、あるいは知らないうちに悪をなしていることはあるだろう。

善人だと思っていた自分が悪人で、正義だと信じて行っていたことが、実は世の中から悪として糾弾されることだった。そんなことを経験したひとはいるのではないか。わかりやすく言えば昭和の戦争において、自らを悪人だと思い、悪の最たる侵略戦争だと思って戦地に赴いたひとはひとりもいないはずだ。自らを正義だと信じていた

に違いない。だが、そんなとき、心はどうだったか。何かがおかしい、と揺れ動いたのではないか。

心はどこかで自らの善悪がわかるのだ。心は自らが間違っているか、正しいかを囁《ささや》きかけてくる。それに耳を傾けるかどうかなのだ。

一三〇人が犠牲になったパリ同時多発テロで妻を失いながらも、

「君たちに憎しみという贈り物はあげない。君たちの望み通りに怒りで応じることは、君たちと同じ無知に屈することになる」

とテロリストへの言葉をフェイスブックに綴《つづ》ったパリ在住のフランス人ジャーナリスト、アントワーヌ・レリスさんが話題になった。

憎悪の連鎖を断たない限り、世界から戦争もテロリズムも無くならないことは誰もがわかっている。しかし、自分の家族が殺されたとき、そのような気持ちになるだろうか。

大半のひとが無理だと答えるだろう。だからこそ、レリスさんの言葉が感動を呼ぶのだ。しかし、レリスさんの強く愛に満ちた言葉は実は誰でも心のうちに抱いているのだと思う。

大きな憤りと悲しみ、さらには復讐《ふくしゅう》の思いを抱いたときには、ひとりきりになって、心に訊《き》いてみるべきなのだろう。いまのわたしの心は正しいだろうか、と。

悲しみが癒えぬだけに、しばらく時間はかかるだろう。だが、きっとどこかで心の声は聞こえてくるのではないか。

それこそが、心は則ち能く物を是非して、而も又自ら其の是非を知る、ということだと思う。

「京都新聞」二〇一五年七月一日　夕刊

国家暴力と呼ぼう

近頃、「戦争」と呼ばずに「国家暴力」と呼んだほうがわかりやすいのではないかと思っている。

安保法案問題でも、反対する側が「戦争法案」と呼び、賛成する側は戦争抑止のための法案だと言った。だが、「戦争」と呼ぶと、歴史的に認知された存在であるかのような気がするが、実は過去の歴史の中でわれわれが「戦争」と呼んでいた軍隊だけによる軍事行為はとっくに無くなっている。

「戦争」の定義は難しいけれども、『戦争論』の著者クラウゼヴィッツによれば、

――戦争とは他の手段をもってする政治の継続である

ということになる。これが現代にいたるまでの戦争についての考え方の基本かもしれない。しかし、一方でクラウゼヴィッツは戦争における暴力性にも注目している。戦争とは単純化すればふたりの人間の決闘であり、暴力行為だ、とも指摘する。だが、暴力行為だけでなく政治性があるのだ、と考えを進めることで「戦争論」は成立した。しかし、はたして、本当にそうだろうか。

クラウゼヴィッツは一七八〇年にプロシア王国のマグデブルクに生まれた。ナポレオン戦争で皇太子アウグストの副官になった。だがイエナの会戦で敗北を喫し、皇太子ともども捕虜になった。この屈辱の経験がクラウゼヴィッツに「戦争論」を書かせたのだろう。だが、実はナポレオン戦争の時代から「戦争」は変わり始めていた。それまでの王の軍隊が戦う戦争ではなく、国民的な軍隊が戦う国家同士の戦いに変貌した。一方、ナポレオンの軍事的な強さは大砲を集中的にスピードをもって運用することだった。すなわち、現代における大量破壊兵器の元祖のような火器の卓抜な使用がナポレオンにヨーロッパを征服させたのだ。

ナポレオンの登場は軍隊同士の戦いではなく、一般民衆を巻き込む可能性を秘め、あるいは大量虐殺に無感覚になっていく戦争の始まりであったと言える気がする。

たとえばわが国でも織田信長が鉄砲というポルトガルからきた火器により、天下統一を果たしていくが、同時に比叡山焼き討《う》ちや長島一向一揆の虐殺も行っていくのと同じことではないか。

少なくとも第二次大戦で広島、長崎に原爆が投下され非戦闘員の老人、女性、子供の区別もない大量虐殺が行われるにいたった現実を古典的な「戦争」という名で呼ぶべきではないと思う。

単なる国家暴力の行使でしかない。

だから、たとえば安保法案で問われたのも、戦争に反対するか賛成するかではなく、国家暴力の行使に同意するか否かということではないのだろうか。ところで、クラウゼヴィッツは、

――敵を打倒するという戦争の目標が目的の代わりになり、戦争の目的は、戦争自体に属さないものとして事実上押しのけられる。

とも述べて戦争の自己目的化に警鐘を鳴らしている。

それは国家暴力にしても同じことだ。

「京都新聞」二〇一五年十月五日　夕刊

泥のごとできそこないし豆腐投げ怒れる夜のまだ明けざらん

かつて大分県中津市で豆腐屋を営み、朝日歌壇に投稿して、豆腐屋の歌人として注目を集めることになった松下竜一さんの歌だ。

優秀な成績でありながら高校を卒業後は進学を断念し、父親を助けて豆腐屋として働くことになった若者の思いが鮮烈に浮かび上がる。

都会に出ることなく地方に居残った哀《かな》しみと憤りがこめられていると言ってもいいだろう。一方で、こんな歌もある。

瀬に降りん白鷺《しらさぎ》の群れ舞いており豆腐配りて帰る夜明けを

慎《つつ》ましやかな庶民の暮らしの中で出会う自然の美しさが詩情豊かにとらえられている。

デビュー作、「豆腐屋の四季」は、緒形拳主演でテレビドラマ化され、人気を博した松下さんはその後、豆腐屋をやめて作家となった。

アナキスト大杉栄と伊藤野枝の娘であり、福岡市で市民運動をしていた伊藤ルイさんのことを書いた『ルイズ―父に貰《もら》いし名は』は講談社ノンフィクション賞を受賞した。

しかし、作家としてだけでなく、地元で豊前火力発電所阻止の住民運動を闘い、環境権裁判を起こした市民運動家として世に知られたのではないか。

松下さんは二〇〇四年六月十七日に亡くなった。住民運動の仲間たちによって、毎年、〈竜一忌〉が中津市で営まれていたのだが、昨年の第十回でいったん、幕を下ろした。ところが、今年、松下さんを慕うひとたちの希望で〈竜一忌・番外編〉が行われた。若いころ何度か松下さんとお会いしただけの縁なのだが、わたしも参加させていただいた。

特別なイベントがあるわけではない。全国各地から集まったひとたちが松下さんの思い出や、現在、直面している問題についての心境をひたすら語り続けた。出席したひとたちの胸に共通したのは、いま、松下さんがいたら、という思いだったかもしれない。

松下さんは自らが関わった住民運動の経緯を記録した著書『暗闇の思想を』で、「誰かの健康を害してしか成り立たぬような文化生活であるのならばその文化生活をこそ問い直さねばならぬ」と主張した。

エネルギーのためにふるさとや生活が破壊されるのはおかしい。身の丈にあったもので十分である。そのためには暗闇の中に居ることを厭《いと》わない。いや、むしろそのような暗闇にひとの大切な生がひそんでいるのではないか、と松下さんは訴えた。

松下さんは寡黙で静かな佇《たたず》まいでありながら、心が強く、大きな力を持つ者の理不尽に対して一歩も退かなかった。

そんな松下さんの言葉がいまも切実にひとびとの胸に届くのは、世の中が少しも変わっていないという意味で悲しいことなのかもしれない。〈竜一忌・番外編〉の会場でそんなことをぼんやりと考えた。

「京都新聞」二〇一五年十二月三日　夕刊

モラルの喪失

先日、作家の東山彰良さんとのトークイベントが大分市で開かれた。「なぜ小説を書くのか」などというテーマについて、東山さんとともにいろいろ話した。東山さんとは書いている小説のジャンルが違って、まったく重なり合わないだけに話していても面白かった。

最後に司会者から「最近、憂えていることは」との問いかけがあった。「憂える」とは随分、古めかしい言葉だな、と思いつつ、改憲へと向かう安倍内閣を憂えています、週刊誌やテレビで騒がれている元プロ野球選手の覚せい剤所持や人気タレントの不倫疑惑問題も気になりますが、と冗談交じりに答えた。

だが、そう口にした時、これらの話は共通項でくることができるのではないか、

と思った。現代の問題にはすべてにわたって、

――モラルの喪失

があるのではないか。

元プロ野球選手の覚せい剤使用や人気タレントの不倫疑惑を「モラルがない」と指弾しようというのではない。

モラルとは国家が道徳教育で押し付けるものや、社会が個人をしばるためのものではないと思う。あくまで自ら「かくありたい」と思って、自分自身を律するのがモラルではないだろうか。

元プロ野球選手や人気タレントの問題は、深い事情を知らないから軽々しくは言えない。

だが、少なくとも安倍内閣が目指す改憲の対象となるであろう憲法九条は、戦後のわが国が持ち続けてきたモラルではないかと思う。

昭和の戦争の悲惨を思えば「戦争放棄」は、悲劇を繰り返したくないという国民が抱いた正直な信条だったことは間違いない。

そのモラルをいまは、「現実的でない」として捨てようとしている。改憲とは戦後モラルの喪失ではないか。

ところで、道徳の崩壊と理解されがちなモラルハザードという言葉は本来、道徳的

危険（ｍｏｒａｌ　ｈａｚａｒｄ）という保険の用語だった。

被保険者の保険加入によって危険や事故の発生する確率がかえって増大することだという。

たとえば自動車保険などでは保険をかけているからということで安心して事故を回避するための注意を怠るようになる。

火災保険の加入者が保険金目当てに自宅に放火することなども含まれるらしい。

危機回避のための保険が道徳の危険を招くというのは、皮肉だが、人間の現実を考えればありそうなことだ。

危険を避けたと思うことで却《かえ》ってリスクを軽視し、自己規律としてのモラルを喪失することでもあるだろう。

もし、そうだとすると、こうすれば戦争を抑止することができる、と思った瞬間に注意力は散漫になり、危機は深刻化するかもしれない。

安全保障のための政策が却って戦争の危機を増す。

そんなモラルハザードは決してあってはならないと思うのだが。

「京都新聞」二〇一六年二月十六日　夕刊

小林秀雄『学生との対話』（国民文化研究会・新潮社編）という本を読んでいて、思ったことがある。

この本は昭和三十六（一九六一）年から五十三年の間に五回にわたって小林が九州に赴き、全国六十余の大学から集まった三、四百人の学生にした講演と対話の記録だ。何を思ったかというと、わたしは同じ内容を「小林秀雄講演」（新潮社）というCDで聞いているのだが、声と活字では随分、印象が違うということだ。もっとも小林の話すことと活字の印象はさほど変わらない（話し言葉の方がわかりやすいかもしれない）。印象が違うのは学生たちの質問だ。

録音では口ごもったり、言いたいことがうまく言えないもどかしさや、小林への尊敬の念、あるいは若者らしい気負い、自己主張、未熟さなどまでリアルに伝わってくる。

だが、活字になってしまうと、それらの生々しさは消えて、成熟したおとなが小林と会話しているように読めてしまう。会話の内容が大事なのだということで言えば、肉声から浮かんでくる自信の無さや羞恥心などはよけいなものかもしれない。だが、どのような会話があったのかということを知ろうと思うなら、やはり声が聞こえたほうがいいように思う。

CDに収められた講演の中で小林はソクラテスが、文字について否定的だったというようなことを述べていた。

ひとの考えというものは、文字ではなく対話でしか伝わらないということではなかったか。そんなことを考えたのは、インターネット隆盛の現代において、〈活字モンスター〉とでもいうべきものが生まれているのではないか、と思ったからだ。ブログやツイッターなどでの言葉の暴力、あるいは攻撃の影響力には、活字で表現することから発生する「有能感」があるのではないか。もし、これらの暴力的な言葉が肉声やあるいは手書きの文字で表されるとしたら影響力は活字よりもはるかに小さいはずだ。肉声や手書きの文字はたとえ匿名であろうとも、人間性をそのまま伝える。仮にインターネットでの他人への批判は「手書き文字」でしかできない、という設定にしてしまったら、どうだろうか。書いたひとの知識や人生経験の有無、人柄まで感じ取ることができるのではないか。

われわれは街で壁などへの落書きを見たときには無視する。書いたひとがどのようなひとなのか察しがつくからだ。

だが、活字ではその見分けがつかない。さらに言えば、筆跡は書いたひとの自己証明であり、証拠でもある。政府や企業の不祥事での内部告発の匿名性は確保されるべきだが、少なくとも他人への個人的な批判については責任を負うのが当然だ。インターネットでは新聞などの既成の活字メディアの評価が低いが、ネット上での匿名の言論と活字メディアの最も大きな違いは「責任を問われる」ということだ。そう考えると、「活字モンスター」に振り回されて息苦しくなった社会は見直さなければならないと思う。

「京都新聞」二〇一六年四月十四日　夕刊

熊本地震

熊本地震の本震が起きてからちょうど二カ月になる。

前震があった四月十四日夜は、久留米市（福岡県）の仕事場で原稿を書いていた。突然、マンションがひどく揺れた。いままで地震があってもこれほど、揺れたことはなかった。

テレビをつけてみると熊本県益城町で震度七の地震が起きたという。翌々日の十六日の本震では書棚の本が散乱した。だが、そんなことよりも熊本での被害が気になった。

最近、新聞のエッセーの仕事で熊本市の作家石牟礼道子さんと思想史家渡辺京二さんをお訪ねしていたからだ。

石牟礼さんには去年十二月、渡辺さんには今年三月と半年以内に会っていた。特に渡辺さんにインタビューした原稿は四月に掲載されたばかりだった。間もなく熊本が大地震に襲われることになるとは夢にも思わなかった。

地震が起きて二週間後、熊本を訪れ、石牟礼さんと渡辺さんをお見舞いした。ふたりともご無事だったが、疲労の色は濃かった。

石牟礼さんは八十九歳、渡辺さんは八十五歳。言うまでもなく石牟礼さんは水俣病闘争に関わり、『苦海浄土』を刊行、渡辺さんは石牟礼さんを支えるとともに自らも『逝きし世の面影』など独自の作品を世に問うてこられた。

そのおふたりが高齢になられて、なおまた地震という苦難に遭遇するとはどういうことなのだろう、と思った。

その思いは益城町まで足を延ばして被災した家々や避難所の様子などを見るにつけ、さらに募った。

そう言えば今月三日は、四十三人の死者・行方不明者を出した長崎県雲仙・普賢岳の大火砕流から二十五年だった。当時、地方紙の記者だったわたしは大火砕流から数日後、現地入りした。数人の記者と一緒だったが、わたしが年長でキャリアが長かったことから、取材チームの責任者だった。

取材をして地元のホテルに泊まったが、まだ火砕流の恐怖が去っていなかった。「もし、何かあったら」と思うと、ほかの記者への責任を感じて夜、寝られず、部屋を出て夜が明けるまで山並みをじっと眺めていた。

そのおりにも感じたことだったのだが、われわれは火山列島で暮らし、地震や風水害にも度々あっている。

慣れたこととはいえ、このような自然災害にいわば歴史的にくりつけられているのだ。

さらにアメリカのオバマ大統領の広島訪問が実現したが、原爆という二十世紀の戦争の悲惨も経験した。

オバマ大統領の感動的なスピーチはよしとするにしても、われわれの歴史から悲劇がぬぐい去られるわけではない。

日本人はサムフイを好む。ストイックで献身的な人間像だ。自らを愛することが薄く、ひとびとのために尽くす生き方を理想とする。

あるいは、熊本地震のような自然災害に立ち向かい、困難を乗り越える心性からそのような生き方を選び取ってきたのかもしれない。

哀《かな》しいことではあるが、それが、日本人なのではないだろうか。

「京都新聞」二〇一六年六月十六日　夕刊

沖縄の痛み

沖縄は独立したほうがいいのではないか。そんな主張をするひとがいる。いわゆる、——琉球《りゅうきゅう》独立論なのだろう。

市民の反対にも拘《かかわ》らず、沖縄、東村高江周辺のヘリパッド建設工事の再開や、名護市辺野古の新基地建設をめぐって国があらためて沖縄県を提訴するなどの動きを見ていると、もはや、あてにできない国に見切りをつけたほうがいい。なによりも自己決定権を取り戻すべきだ、という主張はもっともだ。

六月と七月に取材のため沖縄に行った。その時、〈琉球処分〉の話をよく聞かされた。よく知られているように十七世紀初期の琉球は、海を隔てた明との冊封関係を保ちつつ、海洋交易国家として繁栄していた。

その交易圏は、日本、中国沿岸から東南アジアまでおよび、まさに琉球が、——「万国津梁《しんりょう》」（万国の架け橋）である〈大交易時代〉だった。

この貿易の利に目をつけた初代薩摩《さつま》藩主、島津忠恒が慶長十四（一六〇九）年、三千の軍勢を送って琉球を制圧し、薩摩の属国にした。

三百年たって、明治維新とともに琉球は藩にされ、続いて明治十二（一八七九）年、廃藩置県によって沖縄県となった。このとき、事実上、琉球王国は亡《ほろ》びた。いわゆる〈琉球処分〉だ。

この際も明治政府の処分官は随員や警官、兵士など六〇〇人を率いて沖縄にやってきた。常に強圧的な武力に物を言わせるやり方だった。

現在の辺野古新基地建設をめぐる国と県の対立も変わらない。考えてみると、不思議なことだ。

戦争が終わり、勝利した国が敗戦国を占領し、さらに軍事基地を置いた場合、この状態が一日も早く終わり、独立を回復したいと願うのが普通だろう。

沖縄で現在、辺野古新基地の建設反対運動が行われているのは一国の独立を回復したいという国民の願いとして当然ではないか。

ところが政府にはそれが理解されない。人間の体にたとえれば手足など頭脳から遠いところに小さな針がささっても、大慌てで針を抜こうとするだろう。しかし、いまの政府は針が刺さっても痛みを感じない状態だ。

人間が体の末端の痛みを感じないとすれば、それは健全な状態ではない。

痛みを感じないのは、特定の地方に対してだけではないかもしれないからだ。地方が疲弊していくのは、中央が痛覚を失っているからではないか。

ところで、なぜ痛覚がなくなったかと言えば、戦後の問題を沖縄に押しつけることによって、あたかもないことのように目をそらしてきたからだ。

何より目をそらしていなければ敗戦から現在にいたるアメリカとの関係についてあらためて見直さざるを得なくなる。それが、不安であり、怖くもあるのだ。

沖縄の独立よりも先に日本の独立の方が問題なのではないか。

「京都新聞」二〇一六年八月十二日　夕刊

女城主

来年の大河ドラマの主役は井伊直虎《なおとら》だという。直虎は戦国時代でも珍しい女城主だ。

遠江国井伊谷の領主井伊直盛の娘として生まれ、父の従兄弟《いとこ》、直親を婿養子に迎える予定だった。だが、直親は謀反の疑いをかけられて出奔、直虎はいったん出家して次郎法師と名乗る。戦国の動乱で井伊家にはさまざまな悲運が襲いかかり、父や直親を失った次郎法師は、還俗《げんぞく》して直虎と名を変えて井伊家の当主となった。いわゆる、

――女地頭

である。戦国時代だから、城主となったといっても、直虎に安穏な人生は待っていなかった。大勢力である今川家の圧迫や重臣の反抗に苦しむ。しかし、直虎は、出奔していた間に別の女性を妻にしていた直親が妻との間に儲《もう》けた男子を養育し、やがて徳川家康を頼ることで家を存続させる。育てあげた男子は徳川四天王のひとり井伊直政となって武名をあげる。

そんな直虎の苦闘の物語がドラマとして描かれるのだろうが、女城主と言えば、直虎だけではない。

九州の大友家の勇将として知られた戸次（立花）道雪の娘、誾千代《ぎんちよ》も父から筑前の立花城を引き継いだ女城主だ（正確に言えば大友家支配の城を預かる城督）。

直虎は生涯独身だったが、誾千代は同じ大友家の武将、髙橋紹運の息子、宗茂を婿に迎える。豊臣秀吉から〈西国無双〉と称《たた》えられた、

――立花宗茂

である。優秀な結婚相手に恵まれた誾千代は幸運だったはずだが、宗茂が優れた武将だったことが、ふたりの間にしだいに亀裂を作っていく。

宗茂は秀吉の九州攻めの際、武功を認められた筑後柳河に封じられる。それまでの大友家の武将から独立した大名に変わったのだ。誾千代にとっては予想外なことだっ

たろう。

誾千代は、それまでの女城主の立場から、妻として宗茂に従って柳河に移らねばならなかった。このことが不本意だった誾千代は柳河の城を出て宮永という地に居を構えて「宮永殿」と呼ばれるようになる。別居したのだ。

宗茂は関ヶ原合戦では石田三成の西軍についた。敗戦の後、柳河に引き揚げるが、この時、東軍についた肥後の加藤清正が攻め寄せる。

清正の軍勢が柳河を目指す途中、宮永にさしかかったとき、誾千代は武装して館に籠《こも》り、道雪のころからつかえていた家臣も救援に駆けつけ、二〇〇の手勢となった。

清正は侮りがたいと見て、宮永を避けて柳河城に向かったという。

関ヶ原合戦の敗北により、領地を失った宗茂は浪人となるが、後に徳川家に仕え、柳河で十万九二〇〇石の旧領を回復した。関ヶ原合戦で敗北した武将の中でも珍しい、〈返り咲き組〉だ。しかし、誾千代は宗茂が浪人だった間に病没した。

直虎と誾千代、どちらが幸せだったのかは、わからないが、少なくともふたりが、女城主としての気概と誇りを胸に生きたことは確かだ。

現代の女性たちにも通じるものがあるのではないか。

「京都新聞」二〇一六年十月五日　夕刊

譲位を考える

天皇の「生前退位」という言葉には違和感がある。このような日本語は本来、ありうるのか、とも思う。「譲位」という言葉でいいはずだが、ある新聞の社説では、「私物化につながる」から「譲位」という言葉は用いないとしていた。「私物化」という意味がよくわからない。皇位は天皇家に属する以外にどういうありようがあるというのか。

また、この問題では「譲位は政治的に利用されてきた歴史がある」と論じられることがあるが、これもわからない。

明治憲法制定の際、初代首相の伊藤博文は皇室典範に譲位を盛り込むことを許さなかった。伊藤が反対した理由は何だったのか。

明治二十二年に伊藤の名で出された「皇室典範義解」には、「権臣《けんしん》ノ強迫ニ因《よ》リ両《りよう》統《とう》互立ヲ例トスルノ事アルニ至ル而《しか》シテ南北朝ノ亂《らん》亦《また》此《ここ》ニ源因セリ」とある。権力を持った者の脅迫によって皇位の継承がおびやかされ、やがて南北朝の乱の原因となったということだろう。

伊藤の心配はもっとものようだが、やや疑問がある。

幕末の志士は南北朝時代の足利尊氏のごとき「権臣」である徳川幕府を倒して明治

の世を切り開いた。皇統を脅かした「権臣」こそが問題ではないのか。南北朝の乱に至った原因を「譲位」に求めるのは無理がある。

歴史の中での譲位と政治の関わりで言うのならば、江戸時代初期に徳川幕府が『禁中幷《ならびに》公家諸法度』を定めて朝廷を締め付け、紫衣事件などで圧迫したことに反発した後水尾天皇を思い起こすべきだろう。

後水尾天皇は幕府に諮《はか》ることなく一宮興子内親王（明正天皇）に譲位した。

この「にわかの譲位」は寛永六（一六二九）年十一月八日、一部の公家をのぞいて大半の公家がうろたえ騒ぐ中、行われた。しかも践祚《せんそ》した興子内親王はわずかに七歳だった。興子内親王は徳川秀忠の娘和子が入内《じゅだい》して産んだ内親王である。徳川の血を引く人物が天皇となったかに見えた。

しかし、女帝は生涯独身であるのがならわしで徳川と血の繋《つな》がりのある者が代々、天皇になるという目論見《もくろみ》は崩れ、秀忠は激怒したという。

後水尾天皇の譲位は幕府への当てつけだった。

譲位が政治的に利用されるというのはこのことかもしれない。後水尾天皇の譲位には天皇としての、

――意思表示
が込められていたからだ。伊藤が心配したのは天皇が「意思表示」することだった

のではないか。

伊藤は長州藩の出身である。長州藩は幕末に過激な攘夷《じょうい》運動を行い、却《かえ》って孝明天皇に疎まれ、〈八月十八日政変〉で京を追われ、さらに〈禁門の変〉を起こして朝敵となった。

政変は会津藩と薩摩藩が手を組んで起こしたとされるが、何より長州藩の過激を孝明天皇が嫌ったのが大きかった。

いわば天皇の「意思表示」によって政治的に失脚し、幕府の長州征伐によって滅亡寸前にまで追い詰められた経験が長州藩にはあったのだ。

だからこそ、伊藤は「譲位」に反対したのかもしれない。

「京都新聞」二〇一六年十二月二日　夕刊

ジャパニーズデモクラシー

「言路洞開」という言葉がある。

幕末、長州の吉田松陰は、ペリー艦隊が来航したことから藩主に意見書を提出、「近来直諫《ちょっかん》の風地を掃《はら》ひしこと衰季の光景、実に嘆《たん》ずべきの甚《はなは》だしきなり、宜《よろ》しく急に令を内外の臣に下し、言路を開き度《た》きことなり」と唱えた。

また、老中、阿部正弘も嘉永六（一八五三）年開国か否かについて広く諸侯に意見を求め、さらに京都守護職に任じられた会津藩主、松平容保も開国か攘夷《じょうい》かで揺れる京都に赴くにあたって「言路洞開」の方針で臨んだ。

もっとも、いったん諸侯の意見を聞く姿勢を見せた幕府だが、朝廷を中心に開国の方針に反対論が高まると〈安政の大獄〉を起こした。

さらに会津藩は京で近藤勇や土方歳三ら浪人剣客集団の新選組を用いて尊攘派の志士を武力で取り締まった。

言論の場を開くはずが、結局は力での支配にとどまらざるを得なかったのだ。とは言え、明治維新での「五箇《か》条の御誓文」に、

――広く会議を起こし万機公論に決すべし

とあるところから見ても、幅広く意見を求める傾向が幕末か、あるいはそれ以前からわが国にあったのは間違いないだろう。

このことについて政治学者の丸山真男は「明治国家の思想」という文章の中で、わが国には幕末、「尊王攘夷」という思想とともに、「公議輿《よ》論《ろん》思潮」があったとしている。

二つの思想潮流があったというのだ。「言路洞開」がいわば下級武士の言論の道を

開くものであったのに比べ、「公議輿論思潮」は幕末に開かれた諸侯会議などで、それまで幕府が独占していた政治方針を諸大名が共有する試みだ。「五箇条の御誓文」の「万機公論に決すべし」にも直《じか》につながる。「言路洞開」と「公議輿論思潮」を合わせたものを、

――ジャパニーズデモクラシー

ととらえることができるのではないか。わが国は封建時代から明治維新での開国により、憲法制定、議会開設、さらに昭和の敗戦という流れで民主国家への道を歩み始めたとされるが、実はもともと、ある程度の民主国家であったと考えることは可能だ。

西欧では十八世紀のフランス革命によって王権が打倒され国民国家が成立していくが、わが国では、すでに十二世紀に朝廷の支配権力に抗した鎌倉幕府が政権を打ち立てている。革命国家とまでは言い難いが、準革命国家ではないのか。鎌倉幕府は朝廷を亡《ほろ》ぼしはしなかったが、武家政権として独立したからだ。

こうして見ると明治以降のわが国は「尊王攘夷」が国権論や軍部支配に姿を変え、「公議輿論思潮」が自由民権運動や大正デモクラシーとなってそれぞれ国の進路に影響を与えたように思える。

だとすると、戦後の民主国家は外国からのお仕着せではなく、本来のジャパニーズデモクラシーの姿に近いものではないか。

「護憲」の立場には、案外、日本人らしさが表れているのかもしれない。

「京都新聞」二〇一七年二月二日　夕刊

詩に学ぶ

詩人、茨木のり子さんの作品で一番好きなのは〈自分の感受性くらい〉という詩だ。

ぱさぱさに乾いてゆく心を
ひとのせいにはするな
みずから水やりを怠っておいて

と始まる詩は、自らの気難しさ、苛立《いら》ち、初心が消えることを友人や近親、暮らしのせいにするな、と諭す。そして、

駄目なことの一切を
時代のせいにはするな

わずかに光る尊厳の放棄
自分の感受性くらい
自分で守れ
ばかものよ

と自分のいたらなさを時代のせいにしてはならない、自分の感受性は自分で守れ、と叱咤《しった》するのだ。

——ばかものよ

という言葉には、戦前の大正十四年に大阪市で生まれ、東京で過ごした大学時代、空襲や勤労動員を体験し、十九歳で終戦を迎えた茨木さんの無念の思いが込められている。

この詩を思い出したのは、近ごろ、中国や韓国さらには沖縄へのヘイトが凄《すさ》まじいからだ。

政治的な意見はさまざまだから、そのことをとやかく言うつもりはない。だが、へイトの言葉に込められた憎悪の感情は何とかならないかと思う。

何かを憎むことですべての問題が解決すると思う。あるいは、解決への道筋が見えてくるかのように錯覚する。それは他者を理解する感受性が失われているからだ。

憎むことは、麻薬のように心を麻痺《まひ》させ、あらゆる問題の安易な解決に身をゆだねさせる。

おそらく憎悪の感情が指し示しているのは、「自分は悪くない」という言い訳なのだ。

しかし、憎悪が解決の手段となりえないことは、最も大きな憎悪の表れである戦争では、何事も問題が解決しなかった歴史を見れば明らかだ。それがわが国の戦後の総括ではなかったか。

茨木さんは七十三歳のとき〈倚《よ》りかからず〉という詩を発表している。

もはや
できあいの思想には倚りかかりたくない

と始まり、できあいの宗教にも学問にも権威にも倚りかかりたくないという。

詩は次のように終わる。

ながく生きて
心底学んだのはそれぐらい
じぶんの耳目
じぶんの二本足のみで立っていて
なに不都合のことやある
倚りかかるとすれば
それは
椅子の背もたれだけ

この詩をあらためて読んで、憎悪もまた、何かに寄りかかることだと思った。自分の感受性を守り、憎悪に寄りかかるな、ということを茨木さんの詩は教えている。

「京都新聞」二〇一七年三月二十七日　夕刊

女性宮家

愛知県奥三河地方での花祭をBSテレビの番組で取材したことがある。毎年十一月から三月にかけて各地区で開催される花祭は、国の重要無形民俗文化財にも指定されている。修験道の「湯立て神楽」の「花祭」は、悪霊を払い、五穀豊穣《ほうじょう》、無病息災を祈る祭りで鎌倉時代から伝承されてきた神事だ。

修験道の湯立て神楽も含まれている祭りでは、大釜に湯を沸かし、そのまわりをぐるぐるとまわって舞う。舞の数は四十種類にもおよび、「てーほへ、てほへ」の掛け声とともに夜を徹して舞われ、朝の光が白々と差すまで見物客が楽しむ祭りだ。町外からも多くのファンが訪れる祭りを地域の子供からお年寄りまで参加して老若男女が一体となってもり立てる。これほど地域社会に息づいている祭りも珍しいのではないかと思った。

だが、その祭を取材するうちに、お年寄りから悩みを聞いた。祭の舞手はもともと男性に限っていたのだという。しかし少子化で男の子に限っていては次の世代の舞手がいなくなる。そこで女の子も舞うようになったのだが、やはり伝統を守るべきだという考え方も根強いそうだ。とはいえ、祭を見物していると女の子の舞い手は生き生きとしてはなやかで、地元で聞いた「新しくしていかなければ伝統は守れない」という言葉がその通りだ、と思えた。

何を言いたいのかというと、女性宮家についてだ。

皇室典範では、女性皇族は結婚により皇族を離れる。未婚の皇族の大半が女性のため、現状のままでは皇族数が減る一方となる。天皇の退位、秋篠宮家の眞子様のご結婚にともなって、女性宮家の創設が議論になっている。女性宮家に難色を示す意見は「女系天皇につながる」というものだが、これはおかしいのではないか。

歴史上、それまで大王だったわが国の最高権力者が実質的に天皇となったのは、壬《じん》申《しん》の乱で勝利した天武天皇からではないだろうか。その後を女帝である持統天皇が継ぎ、文武、聖武、淳仁天皇など男性天皇とともに元明、元正、孝謙（重祚《ちょうそ》して称徳）天皇と女帝が相次ぐ。奈良時代はまさに〈女帝の世紀〉でもあった。女帝の存在は少なくとも古代において皇位継承を支えるものであったことは明らかだ。にもかかわらず、この間に女系の天皇は登場していない。

もっとも、天皇に即位する政治的な条件の中には母親の存在もあったはずで、本来は、どの天皇も女系をたどることができるのではないか。そのことはともかくとしても、皇室の伝統が女帝によって支えられた時期があったのは確かだ。だとすると皇族数の減少という現実の中で女性宮家の創設を行おうとするのは、むしろ、伝統にのっとったことではないか。

さらに言えば、女性天皇が存在しながら女系天皇は現れなかった歴史を踏まえるなら、いままでなかったことをわざわざ想定して皇室の進路を狭めようとするのは、いかなる考えによるのだろうか。

わが国にはたしかに誇るべき歴史と伝統がある。だとするなら、花祭の主催者たちがたどりついた「新しくしなければ伝統は守れない」という考え方に立つべきではないかと思う。なぜ、躊躇《ちゅうちょ》するのだろうか。

「京都新聞」二〇一七年六月二日　夕刊

わたしには敵はいない

――わたしには敵はいない。

肝臓がんで死去したノーベル平和賞受賞者で中国の著名な人権活動家、劉暁波《リウシヤオポー》氏の言葉の美しさをあらためて噛《か》みしめている。

劉氏は一九八九年春、北京で民主化を求める学生の運動が高まる中、天安門広場でハンガー・ストライキを行った。

反革命罪で約二年間投獄されたが、釈放後も人権や民主化を求める文章を書き続け、当局の厳しい監視下に置かれた。

凄絶《せいぜつ》な闘いを続けた劉氏の言葉は日本語訳して伝えられている。

劉氏は、わたしには敵はいないし、うらみもない、と言う。劉氏を監視する者も、拘束し取り調べる警察官も、起訴する検察官も、判決を言い渡す裁判官も敵ではない、というのだ。

それは本当の敵が人間同士の憎悪だと知るからだろう。

そして、憎悪は、良識をむしばみ、敵対する意識は民族の精神を堕落させ、争いを煽《あお》りたて、社会の寛容性や人間性を壊し、国家が自由で民主的なものへと向かうことを阻む、と劉氏は説いている。

劉氏のことを考えるとき、あらためて思い知らされるのが、言葉が持つ力だ。

行動の自由を奪われ、幽閉され、あるいは十分な治療も受けられずに亡くなったかもしれない劉氏だが、その言葉は世界に伝わり、多くのひとの胸を打つ。

国内では厳しい情報統制のもと、劉氏について知るひとが限られても、やがて地下水が沁《し》みとおるように暗渠《あんきょ》の中、言葉は伝わっていくのではないだろうか。

だが、言葉が伝わるのは、伝えようとする心があってのことだ。

加計学園が獣医学部を愛媛県今治市に新設することを国が認めた手続きをめぐって安倍晋三首相あるいは首相側近による不適切な関与があったのではとする問題や、南スーダンの国連平和維持活動（ＰＫＯ）に派遣された陸上自衛隊の部隊が作成した日報を廃棄した、とされた後に陸自内で見つかった問題での国会審議が行われた。政治家や官僚のおびただしい言葉を聞いたが、虚《むな》しいばかりでひとつとして胸に刺さる言葉がなかった。「伝えたい」という心がないからだろう。むしろ、どのような真実にしろ、「知らせたくない」というのが政治家の本音ではないかと思う。

真実は政権与党の政治家と官僚だけが知っていればいいというのだろう。だから「記憶にない」と隠すのだ。しかし、国家というものは、為政者が「伝えたい」という気持ちがあって初めて成り立っているのではないか。

何を伝えたいかと言えば、われわれはひとつの国家を構成して、ともに生きようとしている、ということのはずだ。

しかし、首相自らが自分を批判する国民に向かって「こんな人たちに負けるわけにはいかない」と言い放ち、敵を作り出すのなら、それは望むべくもないことだ。

劉氏の言葉を思い起こさなければいけない。われわれがひとつの社会を力を合わせて作り、前に進もうとするとき「敵はいない」はずなのだ。

「京都新聞」二〇一七年八月七日　夕刊

明治革命

明治維新は革命だったのだろうか、ということを近頃、考える。いや、革命だったとしても、どこからが革命なのか。あるいは、どのような革命だったのか、ということだ。

現政権の打倒ということで言えば大政奉還からということになるが、この時点までの政局は幕府と有力大名の動きによって定まっている。西郷隆盛、大久保利通が幕府を追い詰めたといっても、背景には島津久光の強固な意志と薩摩の野望を警戒する将軍、徳川慶喜との確執があったことは幕末史をひもとけば明らかだ。

坂本龍馬が献策したとされる大政奉還についても発案者は幕臣の大久保一翁で、幕府の政事総裁であった福井藩の松平春嶽が慶喜に勧めた策でもあった。

春嶽のもとには、勝海舟ら開明派の幕府官僚が集まっており、土佐藩の山内容堂は春嶽の盟友だった。龍馬自身、神戸海軍操練所の資金援助を頼みに福井の春嶽を訪ねている。そんな龍馬が勝を通じて知っていた春嶽グループの策を土佐藩の重役後藤象二郎に耳打ちしたのだ。慶喜にしてみれば、春嶽グループの策を春嶽と親しい容堂の土佐藩が建白してきたということになる。

長州再征がうまくいかず追い詰められていた慶喜にしてみれば政権内の野党的存在

だった春嶽グループを抱き込んで事態を打開しようとしたということではないか。

いずれにしてもこの段階までは有力大名の動きによってすべては決まり、西郷、大久保といえども久光の手足であったに過ぎない。まして長州藩の桂小五郎や伊藤博文などという志士たちも、〈禁門の変〉により、朝敵となり、王政復古で名誉回復するのがやっとだった。とても歴史を動かす活躍をしたなどとは言えない。だが、鳥羽伏見の戦いから様相は変わってくる。本来なら新政府は有力大名と公家が要職について五箇条の御誓文にある、

――万機公論に決すべし

との合議制で政治を動かすはずだった。ところが戊辰の戦時下であるとともに、大名や公家は実務ができないことから、各藩から集まった武士たちが、新政府の官僚として成長し、実権をにぎった。

同時に薩摩、長州の志士あがり官僚が明治維新は自分たちが起こした革命であると自己主張し始めた。

外国勢力が迫る中、国内を二分する戊辰戦争を起こしたことが功績であるという考えには疑問がある。あるいは新政府での薩摩と長州の権力を確固としたものにするための戦争ではなかったか。

もし、明治維新が革命であるとするなら、それまでの体制を覆した廃藩置県からか

もしれない。しかし、これにしても明治政府の官僚としてのし上がった者たちが、それぞれの藩との関係を断ち切り、さらには主君への忠義という本来ならば武士が逃れられないモラルから脱出するためだったとも考えられる。だからこそ、その後、天皇制国家への国民の忠誠が強いられたのではないか。だとすると、明治革命は〈簒《さん》奪〉の革命だった可能性があると思うのだがどうだろうか。

「京都新聞」二〇一七年十月五日　夕刊

【第五章】

葉室麟との対話

澤田瞳子（さわだ・とうこ）作家。１９７７年京都市生。２０１０年『孤鷹の天』でデビュー。21年、『星落ちて、なお』で直木賞を受賞。他に『火定』『龍華記』『輝山』など。

諸田玲子（もろた・れいこ）作家。１９５４年静岡市生。96年『眩惑』でデビュー。２００７年、『奸婦にあらず』で新田次郎文学賞を、12年、『四十八人目の忠臣』で歴史時代作家クラブ賞を受賞。他に『梅もどき』『女だてら』など。

東山彰良（ひがしやま・あきら）作家。１９６８年台湾生。福岡在住。２００３年『逃亡作法 TURD ON THE RUN』で作家デビュー。15年『流』で直木賞を受賞。他に『路傍』『僕が殺した人と僕を殺した人』『夜汐』など。

小堀宗実（こぼり・そうじつ）茶人。１９５６年遠州茶道宗家12世小堀宗慶の長男として生まれる。学習院大学卒業。臨済宗大徳寺派桂徳禅院にて修行の後、２００１年13世家元を継承する。

歴史の中心から描く

～対談／澤田瞳子～

〈京都文士〉に期待

――葉室さんはこのたび京都に仕事場を持たれたそうですね。なぜ京都だったのでしょうか。

葉室　深い理由はないんです。歴史時代小説を書いているので、もともと京都は憧《あこが》れの地でした。取材では何回も来ているのですが、自分の中に京都を染み込ませてみたいという感じもありました。考えてみたら、今年が作家デビュー十周年なんです。十年でリフレッシュして、京都で何かを吸収して新たにやっていきたいという気持ちがあったのかなと思っています。

澤田　ようこそいらっしゃいました（笑）。最近は葉室さんだけでなく、中山可穂《なかやまかほ》さんも京都にお引越しされました。かつて鎌倉文士という言葉がありましたが、あの頃の東京―鎌倉の距離感覚は、いまでは新幹線のおかげでちょうど東京―京都ぐらいになっているんじゃないでしょうか。私は生まれも育ちも京都なので、これから〈京都文士〉が盛り上がればいいなと考えています。

『秋月記』から『蒼天見ゆ』へ

――新作の『蒼天見ゆ』は、〝最後の仇討《あだう》ち〟を遂げた臼井《うすい》六郎《ろくろう》の実話が題材ですね。なぜこのテーマを選ばれたのでしょうか。

葉室　僕は前に、『秋月記《あきづきき》』という作品を書いています。舞台にした秋月（現・朝倉市）は、福岡の中で小京都といわれていて、大変好きな土地なんです。『秋月記』は、秋月藩の改革派だった間小四郎《あいだこしろう》が、悪家老の宮崎織部《みやざきおりべ》に戦いを挑《いど》んでいくという時代小説っぽい話なんですが、事件の流れはほぼ実話です。『秋月記』を書いていた頃から臼井六郎のことは知っていたのですが、どちらかといえば、父親の臼井亘理《わたり》の方に興味がありました。

その後『月神《げっしん》』で、福岡藩の月形洗蔵《つきがたせんぞう》を書きました。洗蔵は、月形半平太《はんぺいた》のモデルになった人物です。洗蔵の甥《おい》が、北海道の樺戸《かばと》集治監《しゅうじかん》の初代監獄長になるのですが、この話を書いていた時、明治維新は、近代化を成し遂げた反面、地方に目を転じれば、日本の伝統を壊していたことに気付きました。日本にとって進歩とは何か、を考える手がかりとして、月形洗蔵や臼井亘理がいたというわけです。

澤田　六郎の仇討ちの話だと思って拝読し始めたら、亘理のキャラクターも思いがけず大きくて驚きました。『秋月記』の主人公である小四郎の遺志が亘理へと受け継がれ、さらに六郎の仇討ちへと繫《つな》がっていく。『秋月記』と含めて、亘理の物語、六郎の物語と、三部作のような印象を受けました。重層的に物語が連なっていて、非常に面白かったです。

葉室　秋月藩という小藩にも政治があり、政治の中では個人が翻弄されます。それでも自分の生き方を貫いた人はいるはずだし、いて欲しいという思いで『秋月記』を書きました。一方、明治維新という大きな政治の中でも、やはり人間は翻弄されます。『蒼天見ゆ』では、六郎の仇討ちを通して、大きな流れの中で、いかに自分を見失わないで生き抜くか、をテーマにしました。

澤田　仇討ちというと、どうしても勧善懲悪のイメージがあります。ですがこの作品では敵役の一瀬直久《いちのせなおひさ》も、もちろん悪い人間として書かれてはいるものの、それでも幼い頃の六郎との言葉のやりとりなど随所に温かみが感じられ、完全に善と悪とに分けられていませんでしたね。

葉室　『秋月記』で書いたのは、改革派が権力の側について変わるということ。権力の側に立った時に自分をどう維持していくのかは、本当に難しい問題です。その典型は豊臣秀吉でしょうし、『蒼天見ゆ』で、亘理を暗殺した後に明治政府で出世する一瀬直久も同じです。人が変わるのも、政治の恐ろしさだと思うんです。だから、権力を握っても変わらない人を探したいと考えていますし、それは現代に至るまでの課題ですね。

――作中では理想を貫くことが、「蒼天」という言葉で端的に表現されていました。

葉室　空を見る、ってすごいことだと思うのです。空は宇宙なので、見上げると自分が小さな存在たということが自覚できます。宇宙には何億光年先まで届く光があります。僕たちは、それを見ることができるのですから、苦しいことがあっても、無限に続くものを見れば乗り越えられると思えるはずです。タイトルには、そのような意味を込めました。

――吉村《よしむら》昭《あきら》さんの中篇「最後の仇討」も、六郎の事件を題材にしていますが、先行作があると小説は書きにくいものなのでしょうか。

葉室　たとえば織田信長なら先行作もたくさんあるので気になりませんが、今回は、「最後の仇討」しかありませんから意識しました。少し前に、テレビドラマの原作にもなっていますしね。だから、吉村さんの書かれたことを尊重し、自分なりのフィクションを加えました。それが、吉村さんの世界を侵さないことになったと考えています。

澤田　私は古代史を中心に書いているので、あまり先行作がないんです。時代物の場合、テレビで見たとか、教科書に載っていたとかで手に取ってくださる方もいるので、『満つる月の如し』で、平等院《びょうどういん》の本尊を作った定朝《じょうちょう》を書かせていただいた時も、「定朝って誰？」という反応でした。その意味では、先行作に助けていただきたいという気持ちもあります。

普通の人の強さを描く

――「本の旅人」で始まった『孤篷のひと』は、主人公が小堀遠州《こぼりえんしゅう》ですね。なぜ遠州を選ばれたのですか。

葉室　利休《りきゅう》に、有名な黒樂《くろらく》茶碗がありますね。あれには造形美がありますが、お茶を飲むのにあそこまでの美は必要ないような気がしていました。やはり利休が求めたのは、天才の美です。僕は天才ではないので、日常的に黒樂茶碗を見て美しいとはあまり思えない（笑）。それと茶人は、利休も、山上宗二《やまのうえそうじ》も、みんな非業の最期を遂げていますよね。井伊直弼《いいなおすけ》もそうです。お茶は相手をくつろがせるため、あるいは語らうためにあるのに、なぜ茶人は非業の死を遂げるのかを考えたんです。遠州は幕府の官僚として普通に仕事をしていました。彼のお茶でも、庭でも、普通の人が共感できる等身大の美があるように感じていました。普通の人が、普通に生きるというのは、本当は恰好《かっこう》いいことだし、大切なことです。そうした普通の人たちが社会を作っていることを描きたくて、遠州を選びました。

――新連載と、京都に仕事場を持たれたことにも、何か関連性があるのでしょうか。

葉室　あるといえば、あるかもしれません。遠州作の庭を見ても、これまで訪れた時は威張っている感じがしてあまり好きではなかったんですが、京都で暮らして生活空間の中から見てみると、くつろぎを与えてくれる、癒してくれるというのが分かる気がします。この感覚は、取材旅行でも得られないものだと思います。

澤田　確かに、遠州は京都だとすごく身近なんです。利休はお茶の偉い人ですが、遠州はお茶をしていない人でも、「知ってる」といったり、お庭を見ると「遠州好みですね」といったりしています。利休が神様なら、遠州は親戚のおっちゃんくらいの距離感ですね。

葉室　それはいいですね。だとしたら僕の考え方は当たっています。桂離宮《かつらりきゅう》は遠州好みといわれますが、本当に遠州の作でしょうか。

澤田　遠州はいろんなことをやっているので、よく分かっていないことも多いんです。幕府の官僚として、ニーズに合わせて何でもこなす器用な人だったという気はしていますが。

葉室　それはありますね。自分の能力を使ってパブリックなものに奉仕して、何かを作り上げていくのは、官僚の生き方の一つの典型といえます。でも、それは大切なんです。利休や宗二だと「俺が、俺が」になって、公というものがないような気がする（笑）。

澤田　利休たちが我《が》を通して亡くなったために、折り合いをつけて生きた人たちが、日和《ひよ》ったみたいな印象になっていますね。

葉室　僕の小説の主人公は、だいたい最後に死にますが、今回の作品では、自分を活《い》かしながら生き延びる道もあるのではないか、そうしたことを書いてみたいと考えています。

澤田瞳子『若冲』を読む

――芸術家といえば、澤田さんも新作『若冲《じゃくちゅう》』をお出しになりました。お読みになって、感想はいかがですか。

葉室　若冲の人間像はよく分かっていなくて、絵から読み解くしかありません。しかも人間や仏様を描く時は弱いのに、鶏《にわとり》を描くと強い。若冲の人生は、想像が難しい。だから澤田さんの作品を拝読して、奥さんを亡くした心の傷や、義弟との確執が創作の原動力になったという解釈は、なるほどと思いました。

澤田　若冲の生涯にかなり正確に迫ったつもりですが、奥さんに関するエピソードはすべてフィクションです。その部分だけ大きな嘘をつきましたが、当時の商人の生活を考えたら、もしかしたらあり得たかも、と思っています。若冲にはコアなファンが多いので、フィクションの部分がどのように評価されるか、気になります。

葉室　澤田流の若冲になっていて、これから若冲を書く人は必ず読まねばならない作品だと思います。安部龍太郎《あべりゅうたろう》さんの『等伯《とうはく》』、山本兼一《やまもとけんいち》さんの『花鳥《かちょう》の夢』の永徳《えいとく》、これらに匹敵する、大事な作品になるのではないでしょうか。

（この対談は、二〇一五年四月十六日に行われました）

歴史小説の可能性を探る

～対談／諸田玲子～

歴史小説に女性を描く

諸田　司馬遼太郎賞受賞、おめでとうございます。

葉室　ありがとうございます。僕は司馬さんから歴史小説に入ったので、本当に嬉しかったです。

諸田　受賞作の『鬼神《きじん》の如く　黒田叛臣伝《くろだはんしん》』は黒田騒動の話ですね。私は江戸の三大お家騒動（加賀《かが》、黒田、伊達《だて》）では、『炎天《えんてん》の雪』で加賀騒動を書いたことがあって、その時に興味を持って黒田騒動も調べたのですが、何が起きているのかよく分かりませんでした（笑）。

葉室　黒田騒動は、どう書いても面白くならないんですよ。だから最初に、第二黒田騒動を題材にした『橘花抄《きつかしよう》』を書きました。その頃から、いずれは黒田騒動を書きたいと考えていましたが、中心人物の栗山大膳《くりやまだいぜん》はただ威張っているだけなんです（笑）。だから事件の裏に陰謀があったことにして、僕なりの黒田騒動にしました。

諸田　司馬さんと葉室さんには、新聞記者の経験が作家活動に活かされているという共通点があると思っています。私は大学を卒業した後、外資系企業に勤めていたのですが、その頃は、外資系なのに女性は四十五歳で定年退職、お茶は絶対に女性が淹《い》れる、などのルールがありました。私はそれに反発していたので、最初に『月を吐く』で築山殿《つきやまどの》を描いた時は、悪女とされている築山殿を救わなければという切実な想いがあったんです。

葉室　司馬さんも、太平洋戦争に向かった歴史への憤りとして小説を書かれていますから、憤りが創作の原動力になるのはよく分かります。女性に忍耐を強いる社会は今も続いていますから、歴史の中から女性の思いを掘り起こす諸田さんの小説は、ますます重要になると思います。

諸田　史料を読んでいると女性の扱いがあまりにもひどい。何とかしたいとは思いますが、あまり大それたことは考えていないんです。女性を描くのが下手な歴史小説作家も多い中で、司馬さんはきちんと女性を描いています。そこが、他の男性作家とは違うところです。

葉室　司馬さんは、奥様が同僚の記者だったし、働く女性が好きだったと思いますね。

諸田　そうですね。奥様のこともあって、女性の底力を感じていたのかもしれませんね。葉室さんの描く女性も、キリリとしていて、芯が強いのに自己主張をしないので、やはり商家のおかみさんとは違いますよね。作中の女性は、葉室さんの理想なんですか。

葉室　自分が苦手な要素を削って、こういう人なら話ができるという女性像を作っているので、理想といえるかもしれません。もう一つ、僕はデビューが遅かったので、男女を問わず、挫折を経験して、そこから自分は何者かを考える人物を描く、というのが創作の根底にあります。現代も同じですが、自分らしく生きようとすると目に見えない障害物に阻まれます。女性は、男性より障害物の存在に自覚的なので、書きやすいというのはあります。ただ諸田さんの『梅もどき』を読むと、僕は女性を描くのが下手だと痛感しますね。

諸田　家系図を見るのが好きなので、それで新たな発見をすることもあります。私は史料が読めないので、普通の女性の感覚で、娘が嫁いだら相手の家と親戚付き合いが始まる、その先はどうなるかを考えるんです。例えば、信長《のぶなが》の妹のお市《いち》は、兄が自分の夫（浅井《あざい》長政《ながまさ》）を殺して、その髑髏《どくろ》を杯《さかずき》にして酒を飲んだらどう思うだろうかと推測して、歴史の表面には現れてこない関係を描いてみたり。『梅もどき』も、十人以上いた家康《いえやす》の側室の一人がお梅だったことから生まれました。

葉室　名前すら分からず、いつ亡くなったのかも分からない女性は多いですね。僕は『冬姫』で織田《おだ》信長の娘を主人公に書きましたが、史料が少なくて大変でした。

諸田　史料がないのに、なぜあそこまで書けたのですか。

葉室　史料がなければ、ファンタジーの要素を入れるなどのテクニックを使います。諸田さんがすごいのは、史料がなくても、そこから何かを掘り起こしてくることです。

諸田　歴史を書いていると、見えてくることもあります。網野《あみの》善彦《よしひこ》さんの中世史の本を読んでいたら、「女性に一人旅ができたのは、神聖な存在と思われていたからだ」とありました。女だけのネットワークも、現実に存在していたような気がしています。

葉室　『梅もどき』や『四十八人目の忠臣』（NHK土曜時代劇「忠臣蔵の恋」原作）で、今まであまり知られていなかった史実を発掘され、女性が歴史の中で活躍しているのを読むと、男性が手出しできない女性だけのコミュニティーがあったとしても不思議ではないと思います。

諸田　私は、葉室さんと違って歴史の知識があまりありません。小さい頃に好きだったのは海外ミステリーですから。ただ扱いがひどかった女性を掘り下げれば、少しでも歴史小説を変えられるのではと思っています。三月に『今ひとたびの、和泉式部《いずみしきぶ》』を刊行します。封建体制になる以前の平安時代には、女性も女性ならではの力を持っていたんです。

葉室　特に日本はそうですよね。『緋《ひ》の天空《てんくう》』で書きましたが、古代には何人もの女性天皇が誕生しています。江戸時代以降は、女性は家にいるものという意識が定着したので、現代人には女性が活躍した時代が見えにくくなっています。きちんと歴史に向き合えば女性の姿が見えるので、諸田さんの小説には女性史としての面白さがあります。色々な物語の中に女性が生きていて、男ではありえない有為転変を重ねる。それだけでなく強い意志を持っています。杉本苑子《すぎもとそのこ》さん、永井路子《ながいみちこ》さんにつづく諸田さんの存在は大きいですよ。

歴史小説は何を描くのか

諸田　私は女性を描く時は自分の理想像を描き、男性を描くときは自分を投影してダメなところばかりを描いています（笑）。

葉室　腹立たしさを何とかしたいという感情を描く時、我慢して公明正大に振る舞おうとする男性ではなく、女性の登場人物を使うとうまくいくことに気付きました。だから女性たちが、相手の神経を逆なでするようないじめ合いを書くのは楽しいです。

諸田　武家とそれ以外の女性とでは違いますけど、葉室さんの小説の主人公は武士が多いですね。

葉室　武士というより、小さな組織で生きている人を書きたいんです。建前の論理が好きなので、どうしてもそれに縛られる武士を描くことが多くなります。

諸田　そこで重なって見えてしまうのが、藤沢周平《ふじさわしゅうへい》さんです。私も、商人の妻を書いても、武家から嫁いできたという設定にしてしまう。それは私が商家ではなくサラリーマンの家庭で育ったことも大きいと考えています。お金儲けの話は苦手で。だから藤沢さんの小説のような、宮仕えの苦労、大きなことをしたいけど、それができない男の哀しさを書きたい。そこは葉室さんの小説とも似ていると思うんです。

葉室　自分で考えたことはありませんが、言われてみればなるほどと思いますね。歴史時代小説のいいところは、モラルが書けることです。現代小説でモラルを書くのは難しいのですが、武士はモラルに縛られているのでテーマが際立ちます。

諸田　生まれた時から決められた道を進まなければならない、組織に反発してもそこから抜けられない武士は哀しいですが、考えてみると人間はみんな何かに縛られています。

葉室　そうですね。自由だからといって、放り出されるのが一番恐い。歴史小説を書いていると「結果が分かっているじゃないか」と言われることがありますが、僕は「歴史小説は、定型詩です」と答えています。定型の中に自由があるので、信長が本能寺《ほんのうじ》で死ぬという一点だけを守れば、後は何を書いてもいい。

歴史小説家と歴史認識

諸田　歴史小説に、作家の考えたフィクションを織り込んでもいいとお考えですか。

葉室　歴史小説は、歴史研究ではないので正しさを証明する必要はありません。「この歴史的事実から、こんなことを感じませんか」ということを提示しているだけです。歴史研究といっても、学者の考えや思想は時代に縛られているので、そんなに自由ではありませんからね。

諸田　私も「小説はどこまでも大胆に嘘をつくものだ」と考えているので、歴史のディテールは調べますが、そこから先はエンターテインメントだと思っています。

葉室　司馬さんの歴史小説にもフィクションの要素は多いです。歴史では脇役の坂《さか》本龍馬《もとりようま》が、『竜馬がゆく』によってメインの志士になったんですから。

諸田　宮本武蔵《みやもとむさし》も、みんな吉川英治《よしかわえいじ》さんの『宮本武蔵』を想像します。でも作家が作ったフィクションが史実と混同されるのは、小説家の勝利なんでしょうね。

葉室　僕たちは、吉川さん、司馬さんの勝利の後を歩いているので苦労が多いですね。今の歴史小説は、戦国や幕末など歴史の中の一部分を切り取っているだけです。だから武将の政策とか、戦略とかを描く作家はいますが、政治史と戦史だけが歴史ではありません。文化、宗教、経済なども入ってきて、これらを人間学的にまとめたものが歴史だと思うんです。それに挑んだのが、小堀遠州《こぼりえんしゅう》を主人公にした『孤篷《こほう》のひと』でした。

諸田　司馬さんのように、歴史を俯瞰的に見るとか、確固たる歴史観を持っている作家がいなくなっているんでしょうか。

葉室　僕も歴史が丸ごと書けているか疑問ですが、そこに到達したいとは思っています。ただ現代では、その意識を持っている作家も、歴史を通して現代を生きる読者にメッセージを送る作家も少なくなっている気がします。太平洋戦争後、吉川さんは『新・平家物語』を書きました。この作品のテーマは、「国の滅び」です。日本という国、少なくとも明治以降八〇年の歴史は、敗戦で滅びました。ただ滅びたことへの総括がないので、今の政治がおかしくなってくる。山岡荘八《やまおかそうはち》の『徳川《とくがわ》家康』は、家康の「国造り」を戦後の復興と重ねていました。その次に来たのが信長ブームです。それは信長が、世界のグローバリズムに対抗できた日本人だったからです。信長は、経済のグローバル化で手に入れた新兵器の鉄砲を使って、天下統一を推し進めます。日本人はいつの時代もグローバリズムに憧れと恐れの両方を持っているので、日本人なのに外国人のように振る舞う信長に憧れたのでしょう。

松平春嶽ともう一つの明治維新

諸田　今度の新連載『天翔ける』は、松平春嶽《まつだいらしゅんがく》だそうですね。明治維新とグローバリズムの関係から興味を持たれたのですか。

葉室　春嶽を書くのは、もう一つの明治維新の可能性を考えたいからです。薩摩《さつま》藩主の島津斉彬《しまづなりあきら》と福井藩主の春嶽は、水戸《みと》藩出身の一橋慶喜《ひとつばしよしのぶ》を将軍にしようとします。これは、外国の脅威が日本に迫る中、いわばオールジャパンで新たな産業を興し、海外貿易を行い、軍備も最新鋭にするなどして日本の近代化を図る計画でした。斉彬は兵を率いて上洛し幕府に改革の圧力をかけようとしますが、これは戊辰《ぼしん》戦争が始まった時の構図と同じなんです。それを安政《あんせい》の大獄《たいごく》によって潰したのが、井伊直弼《いいなおすけ》です。オールジャパンに賭けた幕府の生き残り策が、実は安政の大獄の前にあったのですが、斉彬も急死してしまう。どう考えても、斉彬の父・斉興《なりおき》による毒殺でしょうが、この背後には井伊ら幕府保守派からの圧力があったのではないか。春嶽は、斉彬と同じ青写真を描いていましたが、安政の大獄では腹心の橋本左内《はしもとさない》を失います。明治になった日本は、開国路線、近代化路線に舵を切りますが、これは斉彬、春嶽が目指した路線でもありました。だから明治と薩摩は繋《つな》がっていますが、長州《ちょうしゅう》は違う。長州が本来唱えていた尊王攘夷路線はなくなっているから断絶しているんです。それなのに長州は薩摩と共に明治維新の立役者とされている。今度の新連載では、戊辰戦争から一五〇年の今年、「長州とは何か」を問うことになります。それと春嶽の理想は、横井小楠《よこいしょうなん》が掲げた道義立国的な路線へと受け継がれますが、小楠は暗殺されます。ここで最初のオールジャパン構想は完全に途切れるのですが、もしかしたら実現の可能性はあったのではないか。そういったことも考えてみたいと思っています。

諸田　「文藝春秋」に連載中の『大獄』とはまた違った角度から、幕末を描かれるのですね。私も『奸婦《かんぷ》にあらず』で井伊直弼の愛人・村山たかを主人公に書いたことがあるので、興味深く読ませていただいています。井伊直弼その人を書いたわけではないのですが、悪役扱いされることが多いからか、取材をしていても、井伊家のことは話したくないという方もいらっしゃったのが印象的でした。司馬さんが新選組を書き、龍馬を書いたのと同じで、歴史にはそれぞれの立場があるので、ただの悪役ではないと思いますか。

ところで今年のNHK大河ドラマは、井伊を戦国時代までさかのぼって直虎《なおとら》ですが、記念すべき大河第一作（一九六三年）は舟橋聖一《ふなはしせいいち》さん原作の「花の生涯」。井伊直弼が主人公だったんですね。

葉室　大政奉還、戊辰戦争から一五〇年目にまたしても井伊。どこか象徴的です（笑）。僕には直弼より、その側近の長野主膳《ながのしゅぜん》の方が奇っ怪に見えます。

春嶽に話を戻すと、彼が政治顧問として福井に招いた横井小楠は坂本龍馬にも影響を与えていて、有名な「日本を洗濯」というフレーズには小楠の影響があります。勝《かつ》海舟《かいしゅう》が「俺の弟子だ」と言っているから、龍馬は海舟の下で働いていたとの印象が強いですが、龍馬と有力大名との結び付きでいえば、真っ先に挙がるのが春嶽なんです。龍馬は、死ぬ直前に越前《えちぜん》へ行って、春嶽に仕えていた三岡八郎《みつおかはちろう》（由利公正《ゆりきみまさ》）と会談しています。それから京に戻って若年寄格の永井尚志《ながいなおゆき》に会う。これはお尋ね者が、政府高官のところに行って、これから世の中はこう変わると解説しているようなものです（笑）。その時の龍馬の新国家構想には、春嶽も入っていたはずです。ここからは、龍馬暗殺の真相も見えてきます。龍馬暗殺の実行犯は、幕府配下の京都見廻組《みまわりぐみ》とされていますね。なのに、幕府には龍馬を殺す動機が見当たらないのです。大政奉還の実現で、幕府はなくなるけど新国家構想では幕府をベースに移行するのだから、龍馬を殺す理由はありません。薩摩が殺したとの説もありますが、龍馬は薩摩の下で動いていたので放っておいても害はない。しかも龍馬を殺すと、土佐《とさ》との関係が悪くなるので、わざわざ危険を冒すとも思えない。ただ幕府組織をベースにするがゆえに、春嶽の存在感が増すことに警戒感を抱く勢力がいたとすれば話は変わってきます。そして京都には、お尋ね者の龍馬を機会があれば殺したいと考えていた見廻組がいた。その猟犬の首輪を外したのは誰かも、物語の鍵になると思っています。

諸田　財政手腕に長《た》けた福井藩士の由利公正を、新国家に参加させて欲しいと願う龍馬の手紙が新発見されたそうですね。とてもタイムリーな連載になりそうで、楽しみにしています。

（この対談は、二〇一六年九月二十一日に行われました）

歴史は、草莽に宿る

〜対談／東山彰良〜

初めて時代小説に挑戦。時は幕末――

――東山《ひがしやま》さんはここ数年、自身のルーツである台湾を舞台にした青春ミステリや近未来のSF小説を発表してこられました。一方の葉室《はむろ》さんはデビュー以来、歴史時代小説の真ん中を歩まれてきたかと思います。そんなお二人の対談は、意外な組み合わせだと思う読者もいるかもしれません。

葉室　東山さんとは共通の担当編集者がいて、『流《りゅう》』をいち早く読ませてもらっていたんです。実に素晴らしくて、これは間違いない、と思いました。あと、大学も一緒だったりして。それで一度お会いしたいと思ったんです。

東山　『流』で直木賞候補になったときの事前記者会見が初顔合わせですよね？　そのときに酒席をご一緒しました。その後、雑誌やイベントで対談させていただく機会が幾度かありました。初めての対談には緊張して臨んだのですが、葉室さんがすごく優しく接してくださって。私と葉室さんは住まいが近いので、以来お酒に誘っていただいたりしているんです。

葉室　東山さんとご一緒していて良いなと思うのは、まず、書いているものが全然重なり合わないでしょう？　だから、話していてお互いを傷つけ合わずに済むんですよ（笑）。逆に、自分にないものに触れさせてもらえるというのがありがたい。私のなかで東山さんの作品は世界文学に位置づけられるものですから。

東山　いえいえ！　こちらこそ、です。

――これまでは互いのジャンルが重なり合わなかったお二人ですが、今回、東山さんが初めて時代小説『夜汐《よしお》』に挑戦されます。幕末の京都、新選組が物語の大きな要素として絡んでくるとのことですが。

東山　自分では時代小説を名乗るのもおこがましいと思っているくらいで、幕末に明るいわけではないんです。いつも、自分が書きたいもの――マジックレアリズムと相性のいい舞台設定を探しているのですが、これまでに台湾や近未来のアメリカ、メキシコは経験しました。未経験なのが「過去」だったんです。新しいフィールドでどれだけ書けるのか挑戦してみよう、と。

新選組というのは当初から考えていたわけではなくて、担当編集者と相談するうちに出てきました。思えば、新選組がいた京都という街が、マジックレアリズム的な、つまり四次元的な「魔物」との相性がいい気がしたんです。物語の主人公は、皆さんがふつう思い浮かべるような新選組の隊士ではなく、どうしようもないやくざ者です。ある事情で新選組に身を寄せることになるのですが、そこから脱走して……という、いわゆる逃亡劇的なロード・ノベルのようなものを構想しています。

――一方、葉室さんはこれまで多くの幕末ものを書かれていますが、新選組小説に、久留米出身の隊士・篠原泰之進《しのはらたいのしん》が主人公の『影踏み鬼』があります。なぜ、この人物を主軸に新選組を書こうと思われたのでしょうか。

葉室　私は高校時代からの司馬遼太郎《しばりょうたろう》さんファンで、司馬さんの『新選組血風録』の最初に出てくるのが篠原なんです。それで興味を持ったのですが、『影踏み鬼』を書いた最大の理由は、篠原が生き延びたこと。私の若い頃は、学園紛争や連合赤軍が大きな問題としてあって、内部粛清についても考えさせられた時代でした。私は「内ゲバ」やら「総括」といった内部粛清というものがすごく嫌いで……。新選組でも内部粛清があったわけですが、篠原は大変な思いをしながらも生き残った。これはすごいことです。日本には「死ぬ美学」があるけれど、私は「生きる美学」を選びたい。そういう意味で篠原にはすごく共感できましたね。

京都に潜む、維新後の日本が失った「闇」

――新選組は組織として華やかな時間の多くを、ここ京都で過ごしました。本日は壬生《みぶ》の八木《やぎ》邸にお邪魔しています。ご存じの方も多いと思いますが、八木邸は新選組が最初に屯所を構えた屋敷です。現在も八木家の方々が管理されており、ご厚意でこうして撮影、収録をしています。実はさきほど撮影した部屋は、葉室さんも短篇「鬼火」で描かれた初代筆頭局長の芹沢鴨《せりざわかも》が、近藤勇《こんどういさみ》らによって暗殺されたといわれる有名な座敷でした。

東山さんはこの取材がほとんど初めての京都巡りということですが、どんな感想を持たれましたか？

東山　やはり資料で読むのと、この目で見るのとでは大違いですね。この八木邸なんかも想像していたものとは違った立派な屋敷で、収穫の多い取材になりました。

例えば、庭の木々や部屋の意匠で願掛けしたり、鬼瓦で魔除《まよ》けをしたり、幕末くらいまでは建物のそこかしこに意味を持たせているんですね。

それから、夜の京都の古い街並みを歩くと、なんというんでしょう、暗がりの中に魔物が潜んでいるような錯覚を抱くんです。実は、この物語の発想の源は芥川龍之介《あくたがわりゅうのすけ》の掌編小説「悪魔」なんです。そのなかで、京都に悪魔が登場するんですが、これが南蛮渡来の悪魔なんです。だから、もしかすると幕末の京都であれば、やはり南蛮渡来の悪魔が紛れ込んでいてもおかしくないんじゃないか、と改めて感じました。『夜汐』では、日本人がかねて持っている魔物や未知なるものに対する畏怖の念みたいなもので物語を動かしたいなと思っています。

そういえば、葉室さんは京都にもお仕事場を持たれていますね？

葉室　私自身は魔物に感応しないタイプですが（笑）、京都がいわゆる魔界都市だというのは分かる気がしますね。どこかに闇というか、奥深さは感じます。実際、京都の街（平安京）って中国の都城を参考にして造られているのですが、その風水の考え方が、鬼門（北東の方角）を押さえるといった、魔界封じともいうべき陰陽道《おんみょうどう》の思想につながっているわけですよ。それが機能して千年の都として続いた面もあるわけですから。そういう世界を台湾生まれの東山さんが感得されるというのも、非常に面白いです。それに、闇のない世界はやっぱり面白くないでしょうしね。すべてを理性で理解できるなんて大間違いですよ。だから、今回の連載はきっと面白くなるんじゃないですか？　幕末という一つの大地が揺り動かされるような時代のなかで、闇が這《は》い出てくるというね。特に来年は明治維新一五〇年に当たる年で、幕末や明治という時代について色々と考える時期ですから、新しい視点を提供してくれるものと思います。

——「小説　野性時代」二〇一七年十一月号で連載を終えられた『天翔《あまか》ける』では越前福井藩藩主で幕末四賢侯《けんこう》の一人の松平春嶽《まつだいらしゅんがく》を、「文藝春秋」では安政の大獄までの西郷隆盛《さいごうたかもり》を描かれたりと、近年の葉室さんは特に「幕末」が大きなテーマの一つになっておられるようです。

葉室　そうですね。そもそも明治維新は革命だったのか？　明治政府の官僚となった各藩の人間たちのためだけの国家造りだったのではないのか？　革命の主体としての尊攘志士というのは本当はいないんじゃないか？　まあ、その話を始めると長くなるので、今日はこの辺りにしておきますが（笑）。

ただ、明治維新を境にして失ってしまった闇が日本にはあるんじゃないか？　東山さんの話を伺っていると、そう感じますね。明治という時代は、合理性や理屈をもって闇をなくしていこうという時代だったと言えます。けれども、結局は戦争へと突き進んだ。それってある意味、合理的な狂気ですよ。それが太平洋戦争での敗戦にまで繋《つな》がっている。

個人のなかの歴史と幕末を覆った不可思議なエネルギー

東山　私は台湾で生まれて日本で育ったので、アイデンティティのことをよく聞かれるんです。自分を何人だと思うのか。日本人か、台湾人か、中国人かと。でも自分ではどこかに所属しているという意識が薄い。ただ、台湾で生まれて日本で育った一個人としか思えない。だから日本の歴史も身近なものとして捉えられないところがあったんです。小説でも、日本の時代小説より、例えば北方謙三《きたかたけんぞう》さんの『水滸伝《すいこでん》』の方が、自分のものとして受け止められる感覚がありました。

でももしかしたら、それは本来自分に備わっているべき歴史から切り離されていたせいかもしれないな、と思いました。さきほども言ったように、私は日本の歴史に対する知識が不足しているので、今回のように名もない個人に焦点をあてて物語を作ることになります。葉室さんのように歴史の流れを解釈して、物語にすることができません。小さな個人の物語を書くしかないと思っていたんです。もちろんそれは今も変わらないのですが、この作品のために、知らなければいけないことが本当にたくさんあったんです。幕末のことを調べたり、実際に京都を巡ってみたり、葉室さんとこうしてお話ししたりして日本の来し方を振り返ることで、日本に踏み込めたような感覚がありますちょっとだけ触れられたような気がしました。もう一歩、日本の歴史にちょっとだけ触れられたような気がしました。

葉室　それは素晴らしいですね。そうだ。私の仕事場、シェアしますか？（笑）まあ、それは冗談として、幕末って歴史時代小説の世界だと、有名な志士たちが世の中を動かしたというのが一般的です。しかし、実体としての幕末は、下級武士ややくざ、農民や町人たち――そういった草莽の人間たちの間に、理屈では説明できないエネルギーのようなものがあったと思います。これから東山さんが書こうとされていることのように、奇々怪々なものと出会ったりしてもおかしくはないですよ。明治維新後の新政府によって作られた明治維新伝説みたいなもので歴史を見るんじゃなくて、そういう世界からも歴史を顧みるのは大切なことだと思います。『流』で、東山さんのおじいさんという存在を通して近代東アジアを描かれたのと同じです。

先日お会いしたときに、東山さんが「自分が日本の歴史を書くのはどうなんだろう」と仰《おっしゃ》っていたんですが、私は東アジアの漢字文化圏というのは、基本的に国境を越えて同じ魚として同じ水域に生きていると思っています。だから今回も、時代の分け隔ては気になさらず、東山さんの感覚で幕末を捉えようとすれば、自然に出てくるものがあるはずです。

――最後に連載への意気込みをお願いします。

東山　もう最後まできちんと筋道は見えているので、そのままで行くか、いま実はもう一つ思いついていることがあるので、どっちのほうがいいのかをゆっくり考えたいと思います。でも、最後になったらきっと、私が決めるんじゃなくて物語のほうで決めてくれると思うので、一番いい形で最終的な原稿に仕上げたいと思います。ただ、時代ものには特有のエクリチュール（書き方、言い回し）がありますから、担当編集者と二人三脚でその辺りの整合性を取りながら、物語を作り上げていきます。

葉室　実は私はひと足先に第一回の原稿を読ませてもらいました。もちろん、ようこそ我がジャンルへ、ということではあるのですが、すでにしっかりと東山さんの世界が、東山さんの文体で語られ、構築されています。最低限の時代考証はもちろん必要ですが、細かいところは編集者に任せればいい。時代小説の世界と東山さんの独自の世界が化学変化して面白いものを生み出していくんじゃないかなという期待感がありますね。

東山　心強いです。

葉室　だって今までと同じ時代小説を東山さんが書かれても仕方がないでしょう。

歴史というのは、突き詰めればやはり一個人のなかにあるのではないでしょうか。それを見つめるのが、歴史の大事なところのひとつだと思いますね。

――第一回を読まれた読者は、新選組が出てこないので不安になるかもしれませんが（笑）。

東山　ばっちり出てきますので、安心してください！

（この対談は、二〇一七年十月四日に行われました）

小説と茶の湯はそれぞれ、人の心に何を見せてくれるのか。

～対談／小堀宗実（遠州茶道宗家十三世）～

子供なりに「小説家になりたい」

宗家　きょうはありがとうございます。月刊「本の旅人」の連載『孤篷《こほう》のひと』、たいへんおもしろく読ませていただきました。先生は小倉のご出身でいらっしゃいますが、文学への目覚めというと、どういったことだったのでしょうか。小倉という風土のことも教えてください。

葉室　今は北九州市になりましたが、かつて私が育ったころは「小倉」で、その名前にはいまでも愛着があります。もちろん九州の田舎ですが、それでも多少は文化的なこともあって、ぼくにとってはたとえばその昔、森鷗外が小倉に赴任していて地元での生活を短篇で書いていたりすることが、ちょっとうれしいことでした。「鶏《にわとり》」という短篇があって、女中さんをめぐるトラブルのような話ですが、そこで描かれている風景が、自分が見ている風景と重なって、それがうれしくて、ずっと鷗外を読んでいました。

ぼくはのちに松本清張賞をいただくんですが、清張も小倉の人間で『或る「小倉日記」伝』という作品もありますね。なぜか鷗外とか清張とか、肌合いが合うんです。ヘンな話ですが、清張の顔というのはぼくのおじさんによく似ている。清張はわりと北九州によくある顔で（笑）、それもあって、お会いしたことがないのに親戚のおじさんを見ているようで、声とか息づかいとかがわかるような感じです。

宗家　幼少期に見た風景というのは、自分が意識しないうちに自分のなかに入っていて、大人になったとき、別の場所で何かに触れたときに急に思い出して、懐かしくなったりします。

葉室　当時、まだ公害問題がやかましくなる前の小倉ですから、製鉄所の煤煙というのはふつうでした。鼻に刺すような空気のところに帰ってくると、ホッとしたものです。博多に出ると何となく空気がスカスカして頼りないなあ、などと思ったものです。

精神的風土的には、川筋気質というのも懐かしいですね。高倉健とか。「無法松の一生」というのもあります。女性に対して西洋の騎士のような憧憬をもっている男性像。荒くれなんですけどね。いま書いている作品にも無意識にそんなところが入ってきてると思います。

宗家　具体的に意識して文章を書き始めたのはいつごろですか。

葉室　若い頃は一応文学青年だったと思いますが、学生の頃は友人たちと同人誌をやっていました。俳句も始めて、北九州の「天籟《てんらい》通信」という同人誌の会に参加しているなかで、古典と自分自身が書くということが結びついたと思います。

宗家　私は文学というものと直接かかわっているということはないんですが、小学校の頃の卒業文集に将来何になりたいかというのがあって、私の場合はもうある意味、遠州流のあとを継ぐということは決まっていたんですが、それでもその文集に、子供なりに「小説家になりたい」というようなことを書いてあったんです。この機関誌「遠州」に毎月原稿を寄せるのも必死で書いているというのに、その人間が子供のころにそんなことを思ってたんだなとびっくりしました（笑）。いま思えば、自分で話をつくったり、空想したりすることが好きな子供で、フランケンシュタインとかドラキュラの話とか、自分で小さな冊子をつくって遊んでいました。

葉室　ぼくは小学校の卒業文集で「新聞記者になりたい」と書いています。一応その通りにはなりますが、「小説家になりたい」とは書いていませんでした。ただ、書く仕事に就きたいというのは、初めからあったようです。ぼくも何か想像してお話をつくるのが好きでした。ちょうど漫画がはやりだした時代でしたから、漫画の一場面を描いて想像をふくらませるのが好きでした。書くという行為の最初は、やはり自分の想像をふくらませていくことですね。

「心の声を出す」というのが一つのテーマ

宗家　父が茶道に関する本をずいぶん読んでいたりして、子供のころのわが家は比較的本がたくさんある家でした。昔は出張というと、いまのように簡単にはいきませんから、かなり時間がかかる。そういうとき父はよく小説を読んでいて、それこそ松本清張とかをよく読んでいました。そんな読み終わった小説本が家にずいぶんあって、それを私も出かけるときに読んだりしていました。最近は出張でも交通機関を利用している時間が短くなってしまって、本を読む時間というのも短くなりました。そんな、ちょっと前までできていたことができなくなったというか——。

葉室　そうなんですよ。ぼくもこういう仕事ですけど、もちろん資料などはきちんと時間をとって読みますけれど、個人的に読みたい本を読む時間というのがやっぱり少なくなっています。読みたいなと思っているのになかなか思い通りに読めない。いま、この仕事をやってていちばん寂しいのがそれですね。もうちょっと本を読んでその世界に入りたいなあと思います。

文章を書くというのは「心の声を出す」というのが一つのテーマだと思うんです。

自分は本当は何を思っているのか、自分の心は何に感動しているのか。それを、書くことによって出していくわけです。だから、その前の段階として、本を読むというのは自分の心をつくっていくことのような気がしています。以前お話をうかがったときに、家元が「心」のことを大事にされているなと思ったんですが、たぶんいまぼくがいったようなことは、お茶の世界と通じ合うものがあるのかなと思います。

宗家　お茶会をするというのは、起承転結といいますか、主たる場面があって、それをどういうふうに効果的にお客様に感じていただくかということで、前後の肉づけをしていくわけです。「取合せ」といいますが、茶碗を高麗にしたら、茶入は瀬戸にするとか、どんどん決まってくるんですね。今回はこの掛物でお茶をしよう、この茶入を主体にしよう、とその都度主役となるものは変わるんですが、寄付《よりつき》にお客様がお見えになって、お茶会が始まって、最後のお帰りになるまでの全部のしつらえを、一つの物語にしていくわけです。これは小説に似ているかなとも思います。

半分半分、作者と読者でつくり上げる

葉室　お茶道具にはもともと歴史と物語がありますね。銘があって、そのなかに意味というか物語が込められています。それぞれの歴史と物語を組み合わせて、亭主が

お考えになる一つの物語が、茶席という場では提供されるわけですね。お客として招かれた人たちがお茶を味わいながらそれを一つひとつ読み解いていく、自分の感性で読み解いて新たな自分なりの物語をつけ加えていくというところもあるかなと思います。

小説のことで読者の方によくお話しするんですが、小説というのはそういう意味でいえば、ぼくらが一つの楽器のような材料を提供して、それを弾いてすばらしい音楽を演奏していくのは読者の方自身だから、小説作品というのは半分半分、作者と読者でつくり上げる。そこで完成するんです。

宗家 それは茶道とまったく同じ考え方ですね（笑）。私どもの茶の湯にも、余白の部分、語らない部分があって、そこはお客様が語る場面だとか、お客様が想像して行を埋めていく場面だとか、そんなことがあるんですね。要するにこちらが一方的に提供するのではなくて、そこに参加した人たちによって最後に完成していくというあり方であって、いまの先生のお話は、まったくよく理解できますね。

葉室 提供している側としては、受け手側が参加してくれないとおもしろくないですね。たまたま最近の話ですが、短い小説を読者のみなさんに読んでいただいて感想を聞くといった会がありました。男女の話なんですが、男の側から見たらこう見えるだろう、女の側からはこうだろうとか、それぞれに解釈があって、それを聞くのは楽しかったですね。余白に込めた思いまで理解される読者がいて、作者が思いもしない展開を指摘されたりもしました。まさに提供する側と受ける側双方で創作していく醍醐味だと思いました。

宗家　そういう話は本当におもしろいですね。さて、『孤篷のひと』の話を聞かせていただきたいのですが、その前に、先生が歴史ものというか、時代ものを書かれるようになったのは、どういうことだったのでしょう。

葉室　日本とは何か、日本人とは何かといったことを、歴史小説を書く人はある程度根底的にはテーマにしていると思います。時代によって歴史の見方は違ってきます。江戸時代であれば、徳川幕府がいちばん偉かった。ところが明治になると、徳川幕府はダメだということになる。時代時代で価値観が変わってしまうので、日本というのがいっこうに見えてこないわけです。だから、一言でいえば、自分たちが共鳴共感できる歴史というものを見出したいなというのが、ぼくが歴史ものを書く最初のスタンスです。

『孤篷のひと』ではお茶の世界を書きましたが、お茶のなかに何かがあるのではなくて、お茶をするということ、お茶が好きで大事にしてきたというなかに、日本人の心があるんじゃないか、それを書きたいと思ったわけです。

何を大事にしているかというなかに、人の心は現れるんじゃないでしょうか。そんななかで小堀遠州に興味をもったわけです。
司馬遼太郎が坂本龍馬を書いたり、土方歳三を書いたりしていますが、司馬さんが出るまでは、龍馬も土方も小説の世界ではどちらかといえば脇役でした。土方などはむしろ悪役でした。お茶といえばすでにさまざまに利休が大きな峰として書かれている。でも、ぼく自身が納得するかというと、納得しない。そこで遠州を書いてみたいと思ったわけです。小堀遠州の才能は巨大だと思いますが、書きたいのはその才能ではなく、ぼくらが共感できる、近づいていける人物としての遠州を書いてみたいというのが最初の動機でした。

小堀遠州という人は勇気のある人だ

宗家　遠州という人は、たぶんおっしゃるような人だったと思います。他を寄せつけないとか排除するというのではなく、受け入れるというところがある。立場的にも、性格的にもそういう人だったと思います。子供のときから名だたる天下人とか、それこそ小説の主役級の英雄に会っていて、いろんなことを見知ったうえで自分の道を考えた人だと思います。

葉室　小説では、遠州がいろんな人に会ったことを書いているんですが、実は書き切れません。多すぎて。戦国から江戸時代初期の名だたる人とはほとんど会っていますが、それを全部書くことは不可能（笑）。

宗家　オールスターキャストになってしまう（笑）。

葉室　そんななかで、小堀遠州のスタンスが、なんとなくどなたとも対等な目線でというか、上からでもなく下からでもなく、そんな目線で接していたんじゃないかなと思うし、そこがいい。たとえば利休には黒樂茶碗というのがありますが、あれをきれいだなあと素直に思うのはなかなか難しいですね。敷居が高い。感性が一つ何かを超えていかなければならない。そうじゃなくて、もっとふつうに、ああこれはきれいだねって思えるものを提供してくれる茶人がいたらいいなということです。

茶室でも、利休だと狭くて暗くてという感じがありますが、窮屈な感じではなくて、ある程度の明るさがあって、入っていると気持ちが自然に清らかになってくるという茶室であるとか、つまりふつうに、素直に、お茶の世界を展開するのが小堀遠州ではないのかなあ、ということで書き始めたわけです。

宗家　おっしゃるように、たしかに素直さというのがあると思います。潔さというのか。あるいは、たおやかな感性というのか。

葉室　素直だったりすると、世の中ではちょっと軽んじられるというところがあると思います。素直じゃなくて、多少こねくり回したもののほうが偉そうに見えるというのはあります。わかりにくいから（笑）。素直なのはわかりやすいし、人間というのはわかりやすいものを軽んじるところがありますから。

でも、素直なことは基本線です。素直なことは大事だよと、ちゃんといわないと人間の社会は本当は成り立ちません。だから、素直であることはいいことですよ、大事ですよというのをさらけ出せる、さらけ出すのを恐れないというのは勇気だろうと思います。小堀遠州という人は勇気のある人だと、書きながら思いました。

何を見ているか、というのがその人

宗家　月刊「本の旅人」連載の『孤篷のひと』は、遠州晩年から昔を振り返るといった展開でしたが、庭づくりの場面での遠州と賢庭《けんてい》との関係など非常に興味深く読みました。あのあたりのことは、ほかにはあまり書かれたことがないと思います。

葉室　庭をつくれるというのは「開いている」ということだと思います。茶室という閉じられた空間だけでなく、開かれた空間としての庭ですから、その先の借景も空も含めて自分の世界が構築できるというのは、すごいことだと思います。要するに開いた人、それも遠州の魅力ですね。

宗家　利休居士は、二畳の茶室とか、ぐっと凝縮するわけです。そういう意味では遠州はそれを一度開放していますね。茶道のあり方も、建築家でもあり造園家でもあり、その部分の感性が茶室にも作法にも、茶道のあり方すべてに入ってきていると思います。

建物を建てたり庭をつくったりというのは、もちろんデザイン性も大切ですが、そこに住む人、そこを訪れる人が心地よいということが必要ですが、そういうことを心がけてものをつくったのが遠州だと思います。ここにこういうものをつくると、そのうしろに何が見えるか、常にそういったことを意識しているところがあります。

葉室　何を見ているか、というのがその人なんですね。内面を引き出す装置としての茶室や庭なんだと思います。素晴らしい芸術品を見て緊張するというのではなく、心が静かになって、ああ、風が通り過ぎていくなあ、といった開放感が人には大切なんだと、そのことを伝えてるんだと思います。

たとえばヨーロッパの造形物などの前に立つと、わあ、すごいと圧倒される。圧倒されるということは、自分自身は小さくなるということです。そういうことではなくて、人の心をもっと開かせて、落ち着いた気持ちを味わってもらって、そうすることによってその人が生き方も含めて自信をもってこれからの人生に立ち向かっていけるようになる。そういうところが日本の庭にはあると思います。

あした満ちようとしているところがいちばんいい

宗家　遠州の考え方として、昔からわが家に伝えられた言葉に「満つれば欠くる」があります。私は父から、父は祖父から、もちろんその前から。たとえば、これは遠州流の袱紗《ふくさ》です（袱紗を取り出す）。これは私がデザインするものですが、縦と横の長さが「五分違い」といって、あえて正方形ではないんです。袱紗をこう折ったときに角が合わない、ぴたりとこない。わざとズレが出るようにしてあるんです。お茶碗も「遠州切形」といいますが、前が少しへこませてある、真円にならないようにつくってある。もともとインドに、満月ではなくて、満月の一歩手前のようなところがいちばん生命力があるんだという考え方があって、あした満ちようとしているところがいちばんいいという、そんなデザインなんです。足りない部分にほかの人の気持ちが入ってきて完結するという、そういうスタイルなんですね。

葉室　なるほど。完璧じゃないんですね。余裕であり、余白であり、先に通ずる何かですね。自分だけで完璧にならない。自分だけで完璧になったときは、きっとほかの人を排除しているんでしょうね。人が来られる場所を残しておくというんですか、それはある意味、日本的な精神ですね。

宗家　そういうことでないと、金地院崇伝《こんちいんすうでん》とつきあって沢庵《たくあん》とつきあうというようなことはできないですね（笑）。後水尾天皇とお会いして、将軍にもお仕えするということもできないと思うんです。

宗家　なるほど、なるほど。まったくおっしゃる通り（笑）。

葉室　ちょっとした不足している部分があって、どちらの人も入ってきていただける。そういう精神なんだと思います。

葉室　「満つれば欠くる」は、現代社会にも十分通用しそうです。みんな一〇〇％になるものを目指していますが、もうちょっと余裕を残しておく心遣いがあれば、社会はもうちょっと風通しのよいものになると思います。NHKに「鶴瓶の家族に乾杯」という番組がありますが、地方の田舎のおじさん、おばさん、おじいちゃん、おばあちゃんがいて、子供は毎朝ランドセル背負って学校行って、奥さんは毎日洗濯して、みんなのご飯つくって、弁当つくってと、ああいったことをぼくはきれいだと思うんです。人間のあり方として。ああいったものをきれいだと思えるような、そんなお話を『孤篷のひと』では書きたかったわけです。

家族も何も捨てて、芸術的に高揚して、自分の高い世界を見よ、というのではなくて、普通にみんなが気持ちよく生きていることを大事にする。その大事にする気持ちでお茶を点て差し出すという、そんな人を見たいなというのが『孤篷のひと』の動機です。それが、ある種ぼくの遠州像です。利休も織部も最期はある意味悲劇でしたが、遠州はそうではありません。いわば大往生を遂げた。悲劇に終わらない生き方をまっとうできたという、そこの素晴らしさもこの作品に込めました。

宗家　遠州には人を育てたというところがあると思います。それはやはり、自分だけですべてを完結させているのではなく、たとえば庭のこともそうですが、積極的に人にものを任せたりする、そういう心のもち方があったんじゃないかと思います。

人に立ち返ったときに、そこにお茶があった

葉室　そういえば、家元はどんな本を読まれるのですか。

宗家　愛読書といえば、時代小説ではないのですが、人間の心の動きというのに非常に興味があって、ジョン・スタインベックの「エデンの東」というのは若いころから何度か読み返しました。旧約聖書のカインとアベルが下敷きですが、あそこに出てくる人間の心の葛藤や人間の心の動きというのに非常に興味があります。なぜこの人はこういう考え方をして、この人に対してこういうふるまいをするかとか。そういうことも、逆にお客様を心地よくするにはどうすればいいのかということのヒントにしたりもします。

葉室　戦国時代に利休が出て、利休がお茶を点てる相手というのは武将たちですね。

武将というのは血みどろのなかで生きています。血にまみれて、基本的にはやはり心がささくれていたと思います。人をいっぱい殺して幸せな人間などいないでしょう。

成り上がる過程では敵対する人間だけを殺したわけではなく、味方や肉親との相克があるわけです。織田信長にしても伊達政宗にしても、それこそカインとアベルではありませんが、兄弟殺しをしています。上杉謙信は殺さなかったけれど兄を追い落としたし、武田信玄は親父を追放した。みんなそういう相克を経てきている。彼らがお茶を好んだのは、政治的に利用するということもあったでしょうが、やはり基本的には慰めがほしかったんだと思います。自分も人間なんだという、人に立ち返ったときに、そこにお茶があったということではないでしょうか。

宗家　小堀遠州は浅井《あざい》長政《ながまさ》の家臣ですが、浅井長政の家というのは娘たちがみんなそれぞれ敵対する相手のところへ嫁ぐわけです。末のお江《ごう》というのは徳川家に嫁いで、和子《まさこ》を生んで、今度は和子が天皇家と関係をつくるわけですが、いまでは考えられないような人間の配置というんですかね、どうして昔はそんなことが成り立ったんだろうと思います。

葉室　それだけに、いまとはくらべものにならないくらい愛憎は深かっただろうと思います。浅井家のような娘たちは親への愛憎も人一倍深かっただろうし、姉妹でもそれぞれ生き方が分かれていくわけで、近しいだけにより愛憎は深く、憎しみや嫉妬は深かったと思います。そういう意味では、そんな社会のなかで、人の慟哭のようなものが求めた結果として、必然的にお茶が登場してきたんじゃないでしょうか。社会や人が求めたわけです。

これが明治になると、今度は小林一三、松永安左ヱ門といった事業家の人たちがみんなお茶をやる。それはやはり実業の世界で厳しさを見つめ続けているからですね。それぞれ一回くらいは失敗したり失脚したり、鬼気迫る世界を見ているわけで、そこらへんは戦国武将と同じかもしれません。そういうことは実はいまでもあるのかもしれませんね。普通の家庭のトラブルであったり、会社でのトラブルであったり、些細な親子関係であったり。そんななかで落ち着きを見出して、自分が自分らしくあるという瞬間に立ち返る場所としてのお茶というのがあるんじゃないでしょうか。

どんな境遇にいても自分らしくある

宗家　いま私はみなさんに茶道を紹介したり楽しんでもらったりしていますが、考えれば、利休や遠州の時代からすでに四〇〇年経っていますから、ストーリーがまた四〇〇年分積み上がって、かなり面白いことになっていると思います。

葉室　この作品では、本にするときには各章のタイトルをお道具の銘にしようと考えています。章ごとに一つの物語があるわけですが、自分としてはある意味「本歌取り」という気持ちです。もともとあった銘に込められた物語を提示しておいて、それと新たに書いた物語の間に何か響きあうことがあれば、一つの深みになるであろうと思っています。銘に込められた深い物語がすでにあるので、ぼくはそこに何かをつけ加えればよかったわけです。

宗家　最後のほうに「埋火《うずみび》」という茶杓が出てきますが、同じ銘で遠州の次男の作が私どもにあるんです。

葉室　そうなんですか。私は「埋火」という言葉が好きで書いたんですが、たぶんいろいろおもちだろうから、そのへんが怖くて書けないというところもあったんです（笑）。迂闊に書くと、それは違うというクレームがどこかから来るなというのが常にありました。

宗家　でも、小説ですからね。そこらへんは自在性がないと面白くありませんよね。事実どおりなら、単なる記録になりますから。

さて、先生は一つの道を究められ、五十を過ぎてから歴史小説を書かれるようになったわけですが、もし理想の生き方のようなものがおありなら、お聞かせください。

葉室　一言でいうと、どんな境遇にいても自分らしくある、というのが理想の生き方ですね。これは簡単そうで実はたいへん難しいことだと思っています。成功したときも、挫折したときも、常に自分らしくあるということ。難しいけれど、これは人が生きていくうえでとても大切なことだと思っています。自分らしく生きられたら、それは人生を一つ貫いたことになると思います。

宗家　なるほど、それも茶の湯の精神に通じるような気がいたします。きょうはいい話を聞かせていただきまして、誠にありがとうございました。

（この対談は、二〇一六年四月二十日に行われました）

解説

――葉室さんと「美」――

澤《さわ》田《だ》瞳《とう》子《こ》

葉室麟さんとのお付き合いには、いつも不思議に美術の影がある。初めてのご縁は、二〇一二年の末、葉室さんとわたしが偶然、同時期に同じ雑誌で江戸中期の絵師・伊藤若冲を書こうとして、「ならば若い人に」とお譲りいただいた折だ。

ただこの時のやりとりはすべて編集者を通じての伝聞で、直にお目にかかったのはそれから二年半後。京都に仕事場を構えられた葉室さんが、小堀遠州を主人公とした『孤篷のひと』の執筆に取りかかられた際、京都・東山の長楽館で対談させていただいた（本文庫に収録）のが最初だった。対談終了後の会食の最中、葉室さんの携帯に拙著『若冲』の書評を依頼する新聞社からの電話がかかってきたのも、今から思えば不思議な偶然と言えよう。

『蜩ノ記』で直木賞を受賞なさった葉室さんは、〈羽根藩シリーズ〉に代表される清冽な武家小説、結果的に晩年の大著となった『大獄　西郷青嵐賦』『天翔ける』などの骨太な歴史小説を手掛ける一方で、日本の美術・芸術に題を取った作品を複数執筆なさった。

歴史文学賞受賞作である「乾山晩愁」、仏師を主人公とした長編『天の光』、政争に破れ、茶人となった男の静かな戦いを描いた『山月庵茶会記』、華道の研鑽に打ち込む少年僧の成長を捉えた『嵯峨野花譜』、小堀遠州を軸に茶湯の世界を記した『孤篷のひと』、そして五十作目の著作となった記念碑的作品『墨龍賦』……こう列記すると、その「美」への関心がはっきり浮かび上がってくるが、葉室さんはわたしに伊藤若冲をお譲り下さった後も、その執筆を諦めておられず、親しい編集者には「そろそろ僕も書こうかなあ」と仰ってらしたという。実際、わたしも酒席をご一緒した折には幾度か、「澤田さんはどういう点から、若冲の性格を決めたの？」と問われ、お互いの若冲観を語り合うこともあった。

だからわたしは、いつかきっと葉室さんの「若冲」を拝読できる日が来ると信じていた。あの奇矯の絵師と彼が生きた十八世紀の京都を、一体どのように描かれるのか。葉室さんの急逝によって、それを拝読する機会が永遠に失われたことが、後輩として一読者として、あまりに哀しくてならない。

初めて若冲を書こうとしたあの頃、わたしはデビューして日が浅く、いまだ何者でもない若造だった。他者の苦衷に寄り添い、人に手を差し伸べ、よりよい活躍の場を与えることを己の喜びとしていらした葉室さんは、だからこそそんなわたしにテーマをお譲り下さったのだろう。とはいえ「人は美しく生きねばならない」と、口癖の如く仰っていた葉室さんからすれば、そんな雅量はごく自然な行いでいらしたのに違いない。それが証拠に拙著が直木賞候補となり、折から始まった若冲ブームの中で事あるごとに取り上げられるようになっても、決してご自分の行為を口にしようとはなさらなかった。

念の為に記せば、葉室さんが求めた「美」とは、決して外見の美しさではない。その人の心の中にある信義や心の気高さといったものを「美しさ」と呼び、かくあらねばと己に課すとともに、美しく生きんとする様々な人の姿を物語に紡がれた。

我々が現在目にすることが出来る芸術作品とは、いわば究極の「美」を可視化したもの。だとすれば、人の裡なる「美」を筆で描き出そうとした葉室さんにとって、それはひどく興味深く、そして自著にもっとも近しい存在だったのではないか。

その一方で葉室さんはおそらく、「美」を生み出す製作者たちに、己自身を重ねあわせてもいらしたのだろう。すでに最初の単行本『乾山晩愁』のあとがきの中で花田清輝の「もう一つの修羅」という言葉を引き、絵師たちの生きる修羅道に、一冊の本を上梓してもなお小説を書いていきたいと願う我が身を重ね合わせていらっしゃるが、ことに『墨龍賦』において、武士への未練を持ちながら、六十歳を超えて絵師として花開いた海北友松を描く筆には、ジャーナリズムへの意欲を抱きつつも小説家となったご自身の姿が垣間見える。

——わたしは、絵とはひとの魂を込めるものであると思い至りました。（中略）絵に魂を込めるなら、力ある者が亡びた後も魂は生き続けます。

『墨龍賦』の中で、友松は安国寺恵瓊に向かってこう述べるが、この「絵」という言葉を、「小説」と変えればどうだろう。小説を通じて自らの心を描き、「心の歌」を歌おうとなさったかの人の姿が、ここにあるではないか。

そうか。人の裡なる「美」を追求し続けた葉室さんは、形ある「美」である美術に心を寄せ、それを作る者を描かんとし——そして遂には自らの作品を、一つの「美」に昇華なさったのだ。ならば葉室さんが亡くなられても、残された物語の中に秘められた「美」は永遠に輝きを失わない。だから御作を読むたびに、乾山の、友松の作を見るたびに、幾度もわたしは出会い続けるのだろう。あの優しくも厳しいお声と、人を信じ、その「美」を見つめ続けた揺るぐことなき眼差しに。

（ＫＫベストセラーズ刊『葉室麟 洛中洛外をゆく。』所収の巻末特別エッセイを再録）

執筆（第一章～第三章）：清水香織、佐々木芳郎、郡麻江、原田富美子
撮影：佐々木芳郎
デザイン／作図：スタジオ ギブ

初出

第一章・第二章・第三章

葉室麟&洛中洛外編集部『葉室麟 洛中洛外をゆく。』（KKベストセラーズ、二〇一八年）

第四章

現代のことば（「京都新聞」連載）

第五章

「歴史の中心から描く」（「本の旅人」二〇一五年六月号、司会・文 末國善己）

「歴史小説の可能性を探る」（「小説 野性時代」二〇一七年三月号、構成 末國善己）

「歴史は、草莽に宿る」（「小説 野性時代」二〇一七年十二月号）

「小説と茶の湯はそれぞれ、人の心に何を見せてくれるのか。」（遠州流茶道月刊茶道誌「遠州」二〇一六年六月号・七月号）

本書は文庫オリジナルです。収録にあたり、一部加筆修正しました。

また、本書の歴史についての記述はおもに、葉室麟氏の作品をもとにしたものです。

洛中洛外《らくちゅうらくがい》をゆく

葉室《はむろ》 麟《りん》

令和4年 2月25日　初版発行

発行者●堀内大示

発行●株式会社KADOKAWA
〒102-8177　東京都千代田区富士見2-13-3
電話　0570-002-301（ナビダイヤル）

角川文庫 23056

印刷所●株式会社暁印刷
製本所●本間製本株式会社

表紙画●和田三造

●お問い合わせ
https://www.kadokawa.co.jp/（「お問い合わせ」へお進みください）
※内容によっては、お答えできない場合があります。
※サポートは日本国内のみとさせていただきます。
※Japanese text only

ISBN 978-4-04-111775-0　C0195

◇◇◇

角川文庫発刊に際して

角川源義

第二次世界大戦の敗北は、軍事力の敗北であった以上に、私たちの若い文化力の敗退であった。私たちの文化が戦争に対して如何に無力であり、単なるあだ花に過ぎなかったかを、私たちは身を以て体験し痛感した。西洋近代文化の摂取にとって、明治以後八十年の歳月は決して短かすぎたとは言えない。にもかかわらず、近代文化の伝統を確立し、自由な批判と柔軟な良識に富む文化層として自らを形成することに私たちは失敗して来た。そしてこれは、各層への文化の普及滲透を任務とする出版人の責任でもあった。

一九四五年以来、私たちは再び振出しに戻り、第一歩から踏み出すことを余儀なくされた。これは大きな不幸ではあるが、反面、これまでの混沌・未熟・歪曲の中にあった我が国の文化に秩序と確たる基礎を齎らすためには絶好の機会でもある。角川書店は、このような祖国の文化的危機にあたり、微力をも顧みず再建の礎石たるべき抱負と決意とをもって出発したが、ここに創立以来の念願を果すべく角川文庫を発刊する。これまで刊行されたあらゆる全集叢書文庫類の長所と短所とを検討し、古今東西の不朽の典籍を、良心的編集のもとに、廉価に、そして書架にふさわしい美本として、多くのひとびとに提供しようとする。しかし私たちは徒らに百科全書的な知識のジレッタントを作ることを目的とせず、あくまで祖国の文化に秩序と再建への道を示し、この文庫を角川書店の栄ある事業として、今後永久に継続発展せしめ、学芸と教養との殿堂として大成せんことを期したい。多くの読書子の愛情ある忠言と支持とによって、この希望と抱負とを完遂せしめられんことを願う。

一九四九年五月三日

角川文庫ベストセラー

乾山晩愁　葉室　麟

天才絵師の名をほしいままにした兄・尾形光琳が没して以来、尾形乾山は陶工としての限界に悩む。在りし日の兄を思い、晩年の「花籠図」に苦悩を昇華させるまでを描く歴史文学賞受賞の表題作など、珠玉5篇。

実朝の首　葉室　麟

将軍・源実朝が鶴岡八幡宮で殺され、討った公暁も三浦義村に斬られた。実朝の首級を託された公暁の従者が一人逃れるが、消えた「首」奪還をめぐり、朝廷も巻き込んだ駆け引きが始まる。尼将軍・政子の深謀とは。

秋月記　葉室　麟

筑前の小藩、秋月藩で、専横を極める家老への不満が高まっていた。間小四郎は仲間の藩士たちと共に糾弾に立ち上がり、その排除に成功する。が、その背後には本藩・福岡藩の策謀が。武士の矜持を描く時代長編。

散り椿　葉室　麟

かつて一刀流道場四天王の一人と謳われた瓜生新兵衛が帰藩。おりしも扇野藩では藩主代替りを巡り側用人と家老の対立が先鋭化。新兵衛の帰郷は藩内の秘密を白日のもとに曝そうとしていた。感涙長編時代小説！

さわらびの譜　葉室　麟

扇野藩の重臣、有川家の長女・伊也は藩随一の弓上手・樋口清四郎と渡り合うほどの腕前。競い合ううち清四郎に惹かれてゆくが、妹の初音に清四郎との縁談が。くすぶる藩の派閥争いが彼女らを巻き込む。

角川文庫ベストセラー

戦国秘譚
神々に告ぐ　(上)(下)
安部龍太郎

戦国の世、将軍・足利義輝を助け秩序回復に奔走する関白・近衛前嗣は、上杉・織田の力を借りようとする。その前に、復讐に燃える松永久秀が立ちふさがる。彼の狙いは？　そして恐るべき朝廷の秘密とは――。

彷徨える帝　(上)(下)
安部龍太郎

室町幕府が開かれて百年。二つに分かれていた朝廷も一つに戻り、旧南朝方は逼塞を余儀なくされていた。幕府を崩壊させる秘密が込められた能面をめぐり、旧南朝方、将軍義教、赤松氏の決死の争奪戦が始まる！

浄土の帝
安部龍太郎

末法の世、平安末期。貴族たちの抗争は皇位継承をめぐる骨肉の争いと結びつき、鳥羽院崩御を機に戦乱の炎が都を包む。朝廷が権力を失っていく中、自らの存在意義を問い理想を追い求めた後白河帝の半生を描く。

天下布武　(上)(下)
夢どの与一郎
安部龍太郎

信長軍団の若武者・長岡与一郎は、万見仙千代、荒木新八郎ら仲間に支えられ明智光秀の娘・玉を娶る。大航海時代、イエズス会は信長に何を迫ったのか？　信長の夢に隠された真実を新視点で描く衝撃の歴史長編。

密室大坂城
安部龍太郎

大坂の陣。二十万の徳川軍に包囲された大坂城を守るのは秀吉の一粒種の秀頼。そこに母・淀殿がかつて犯した不貞を記した証拠が投げ込まれた。陥落寸前の城を舞台に母と子の過酷な運命を描く。傑作歴史小説！

角川文庫ベストセラー

角川文庫ベストセラー

山河果てるとも 天正伊賀悲雲録　伊東　潤

「五百年不乱行の国」と謳われた伊賀国に暗雲が垂れ込めていた。急成長する織田信長が触手を伸ばし始めたのだ。国衆の子、左衛門、忠兵衛、小源太、勘六の4人も、非情の運命に飲み込まれていく。歴史長編。

北天蒼星 上杉三郎景虎血戦録　伊東　潤

関東の覇者、小田原・北条氏に生まれ、上杉謙信の養子となってその後継と目された三郎景虎。越相同盟による関東の平和を願うも、苛酷な運命が待ち受ける。己の理想に生きた悲劇の武将を描く歴史長編。

天地雷動　伊東　潤

信玄亡き後、戦国最強の武田軍を背負った勝頼。信長、秀吉ら率いる敵軍だけでなく家中にも敵を抱え苦悩するが……かつてない臨場感と震えるほどの興奮！　熱き人間ドラマと壮絶な合戦を描ききった歴史長編！

西郷の首　伊東　潤

西郷の首を発見した軍人と、大久保利通暗殺の実行犯は、かつての親友同士だった。激動の時代を生き抜いた二人の武士の友情、そして別離。「明治維新」に隠されたドラマを描く、美しくも切ない歴史長編。

カポネ (上)(下)　佐藤賢一

20世紀初頭のニューヨーク。禁酒法を背景に暗黒街でのし上がっていく一人の男がいた。その名もアル・カポネ。闇酒業に手を染め、ライバルを次々に虐殺、遂に帝王として君臨するが……。

角川文庫ベストセラー

開国の使者
ペリー遠征記

佐藤賢一

1852年、マシュー・カルブレイス・ペリーは日本開国の任務のため東インド艦隊司令官に就任した。日本へと遠征したペリーを待ち受けていたのは、開国を迫る世界各国と幕府高官たちだった……。

龍華記

澤田瞳子

高貴な出自ながら、悪僧（僧兵）として南都興福寺に身を置く範長は、都からやってくるという国検非違使別当らに危惧をいだいていた。検非違使を阻止せんと、範長は般若坂に向かうが——。著者渾身の歴史長篇。

新選組血風録　新装版

司馬遼太郎

勤王佐幕の血なまぐさい抗争に明け暮れる維新前夜の京洛に、その治安維持を任務として組織された新選組。騒乱の世を、それぞれの夢と野心を抱いて白刃とともに生きた男たちを鮮烈に描く。司馬文学の代表作。

北斗の人　新装版

司馬遼太郎

剣客にふさわしからぬ含羞と繊細さをもった少年は、北斗七星に誓いを立て、剣術を学ぶため江戸に出るが、なお独自の剣の道を究めるべく廻国修行に旅立つ。北辰一刀流を開いた千葉周作の青年期を爽やかに描く。

豊臣家の人々　新装版

司馬遼太郎

貧農の家に生まれ、関白にまで昇りつめた豊臣秀吉の奇蹟は、彼の縁者たちを異常な運命に巻き込んだ。平凡な彼らに与えられた非凡な栄達は、凋落の予兆となる悲劇をもたらす。豊臣衰亡を浮き彫りにする連作長編。

角川文庫ベストセラー

楠の実が熟すまで

諸田玲子

将軍家治の安永年間、京の禁裏での出費が異常に膨らみ、経費を負担する幕府は公家たちに不正があるのではないかと睨む。密命が下り、御徒目付の姪・利津が女隠密として下級公家のもとへ嫁ぐ。闘いが始まる！

梅もどき

諸田玲子

関ヶ原の戦いで徳川勢力に敗北した父を持ち、のちに家康の側室となり、寵臣に下賜されたお梅の方。数奇な運命に翻弄されながらも、戦国時代をしなやかに生きぬいた実在の女性の知られざる人生を描く感動作。

奸婦《かんぷ》にあらず

諸田玲子

その美貌と才能を武器に、忍びとして活躍する村山たかは、ある日、内情を探るために近づいた井伊直弼と思わぬ恋に落ちる。だが2人は、否応なく激動の時代に呑み込まれていく……第26回新田次郎文学賞受賞作！

新選組興亡録

司馬遼太郎・柴田錬三郎・北原亞以子 他
編／縄田一男

「新選組」を描いた名作・秀作の精選アンソロジー。司馬遼太郎、柴田錬三郎、北原亞以子、戸川幸夫、船山馨、直木三十五、国枝史郎、子母沢寛、草森紳一による9編で読む「新選組」。時代小説の醍醐味！

新選組烈士伝

司馬遼太郎・津本　陽・池波正太郎 他
編／縄田一男

「新選組」を描いた名作・秀作の精選アンソロジー。津本陽、池波正太郎、三好徹、南原幹雄、子母沢寛、司馬遼太郎、早乙女貢、井上友一郎、立原正秋、船山馨の、名手10人による「新選組」競演！